# 穷妈妈 富妈妈

## 启智财务自由之路

冉学东◎著

SPM 南方传媒 | 广东经济出版社
·广州·

**图书在版编目（CIP）数据**

富妈妈穷妈妈：启智财务自由之路 / 冉学东著. —广州：广东经济出版社，2022.11
ISBN 978-7-5454-8397-0

Ⅰ.①富…　Ⅱ.①冉…　Ⅲ.①长篇小说—中国—当代　Ⅳ.①I247.5

中国版本图书馆CIP数据核字（2022）第112744号

责任编辑：蒋先润
责任技编：陆俊帆

**富妈妈穷妈妈：启智财务自由之路**
FU MAMA QIONG MAMA：QIZHI CAIWU ZIYOU ZHI LU

| | |
|---|---|
| 出版人 | 李　鹏 |
| 出　版<br>发　行 | 广东经济出版社（广州市环市东路水荫路11号11~12楼） |
| 经　销 | 全国新华书店 |
| 印　刷 | 佛山市迎高彩印有限公司<br>（佛山市顺德区陈村镇广隆工业区兴业七路9号） |
| 开　本 | 730毫米×1020毫米　1/16 |
| 印　张 | 15 |
| 字　数 | 182千字 |
| 版　次 | 2022年11月第1版 |
| 印　次 | 2022年11月第1次 |
| 书　号 | ISBN 978-7-5454-8397-0 |
| 定　价 | 55.00元 |

图书营销中心地址：广州市环市东路水荫路11号12楼
电话：（020）87393830　邮政编码：510075
如发现印装质量问题，影响阅读，请与本社联系
广东经济出版社常年法律顾问：胡志海律师

# 前言

## 女性理财，稳妥为上

你是否能于睡觉的同时还在赚钱？不要以为这是异想天开，其实在后工业社会和信息化时代，这可能是常态。换句话说，很多人的财富中，有很大一部分是投资创造的，如果不做投资，至少在财富创造上你是落后于大部分人的。

其中的奥妙就是你必须有资产，这个资产可能是你创业成功后的企业，也可能是你投资的金融产品。只要你在投资时看准了方向，并且选对了金融产品，在一个相对长的时间里，你就可能达到创造财富的目的。

然而，如何创业，以及如何寻找好的金融产品，仍然是一个“老大难”的问题。

如何了解金融市场，怎么去购买金融产品，让自己辛苦赚来的钱或者积累的财富能够保值增值，这是很多非金融专业人员都想解决的问题，好在已经有不少人有过成功的探索。

不过，投资毕竟是件专业的事情。之前，有的人加入了购买P2P以及非正规渠道私募产品的队伍，并且在选择产品时只关心产品的收益率，收益率越高，他们就买得越多，但不幸的是，悲剧不断发生。他们把自己的养老钱投进去，最后打了水漂，不仅在财产上损失惨重，而且搞得身心俱疲，在精神和心理上均造成难以磨灭的伤害。

笔者还发现，在大中城市，女性理财的需求越来越大，她们可能是年轻白领，也可能是孩子的妈妈，她们往往有较高的学历、较好的工作背景，很多人的家庭条件也比较优越，但在飞速的时代变迁中，她们更容易迷失方向和自我。

她们遭受这种经历的原因来自诸多方面。一方面有客观原因，比如生活的压力、经济方面的焦虑、婚姻生活处理不当等。在一、二线城市，由于房价上涨，尤其是学区房房价的轮番上涨，加上中国人传统的望子成龙心理，导致很多女性在焦虑中越发难以自拔，这就影响了她们对自己、亲人和财富的判断，这时候，她们往往会错过一些财富大分配的机遇，并且成为市场上的“韭菜”。

另一方面从主观上讲，金融市场毕竟是一个相对专业的市场。中国金融市场起步相对较晚，但是发展较快，金融产品花样繁多，很多人对金融产品投资和理财的原理没有最起码的了解，缺乏健康的投资理财理念，投机心理较强，短期行为比较普遍。

当然，在财富大分配中，有人抓住了时机，本书中的张丽就是一个典型，她之所以能够成为胜利者，主要是因为她的谦逊和理性的个性，以及善于学习的习惯，在她爱钻研的丈夫帮助下，没有在本轮房价大涨潮中被抛下车。

这本小说塑造的5位都市白领，此前是大学室友，不同的禀赋和性格，让她们在经历这场财富运动中，出现了不同的结果。

比如，温婉潇洒的晓迪在职业生涯出现危机并且离婚后，走上了创业的道路。她能够从生活中体悟创业的痛点，并且从最低风险的项目做起，边干边总结经验，寻找商机，最终创业取得成功。

刘琳因为有较好的家庭背景，以及短期看来比较满意的婚姻，选择了一个逐渐被淘汰的行业，尽管老公的事业发展越来越好，可夫妻俩的差距越来越大，最终只能离婚。不过，刘琳从头做起，在开网约车的过程中，认识了一位金融专家，从此走上了学习之路，在最近两年的公募基金投资中收益颇丰。

而张瑶身处理财意识和氛围都相对浓厚的成都，前期做股票投资损失惨重，打击了她投资理财的信心，直到无意中成为剩女之后，在谈恋爱时认识了一位基金经理，学到了投资理财的相关知识。不过，由于夫妻俩前期没有安排好保险，老公一场意外的大病，让这对在财务方面看起来非常健康的夫妻俩措手不及。好在有几位姐妹的帮助，让他们渡过了难关。其他姐妹也从张瑶的经历中认识到保险对于未来财务和家庭资产安排的重要性。

书中还花较多笔墨刻画了林燕的形象，这是一个美丽的女孩，但是过于感性，在感情问题上遇人不淑，遭到较大的人生打击，由于职业的原因，在金融产品和财富管理方面缺乏基本的了解，最终陷入P2P的泥潭，损失惨重。

五位姐妹的婚姻、投资等均发生巨大变化，这不但是财富的重新洗牌，更是心灵的洗礼，也让读者们认真思考，到底该如何对待财富，如何对待事业，如何对待感情和婚姻。

为了让女性读者得到实实在在的帮助，在整个小说的故事情节中笔者穿插了对各种金融产品的解读及投资理念的引导，主要目的是通过主人公的际遇和心灵体悟，让读者融入其中，对金融产品和投资理财有一个全面的认知。

笔者还专门向新手投资者介绍了如何记账、存钱和投资货币基金等，其他如贵金属市场、虚拟货币、期货、外汇以及信托等金融产品，笔者并没有涉猎，原因有两个：一是某些产品不合法，二是对于新手投资者来说，这些产品风险太大，不宜涉足。

值得注意的是，2021年以来，公募行业发生了一个非常大的变化，前几年的顶流明星基金经理跌落神坛，2022年他们管理的产品有些回撤高达20%以上，而2022年爆红的基金产品和基金经理则名不见经传，这说明什么问题？说明基金投资和其他所有投资一样，都是价值投资，不能有投机心态，想要一夜暴富，而须秉承长期投资的理念，从上市公司的经营中获得利润，相对稳妥。

因此，长期来看，那些运作稳健、投研能力强、坚持价值投资理念的基金经理必然赢得市场的垂青，获得丰厚的回报，以回馈基金投资者，这是我们投资理财须看清的地方。

如今，无论是基于个人价值的体现还是家庭的现实需要，越来越多的女性开始认识并投入理财大潮之中，基于女性的性格特点，将稳妥放在第一位，似乎更为恰当。特别提醒：文中如提及具体投资理财产品，均为举例需要，不构成任何投资建议，若据此操作，风险自担。

本书既是一本精彩的小说，又是一本中国女性理财的必读书。愿更多女性认识和了解投资理财，早日实现财务自由，让自己的人生更精彩！

最后，本书得以顺利出版，笔者要特别感谢刘佳和张智，两位对本书的写作多有贡献，在此说声：辛苦了！

冉学东

2022年春　于北京

# 目录

# Part 1
# 猝不及防的失业

昨夜一阵阵闷热袭人，第二天一大早，晓迪打开窗户一看，漫天飘起鹅毛大雪，小区里到处是欢声笑语，许多人在忙着铲雪。树林中，小朋友在堆雪人、打雪仗，女儿岚岚看见了，也喊着要去玩。晓迪赶紧给岚岚穿好衣服。因为家里还需要收拾，她想让老公陪女儿去。可昨晚老公和她为了女儿上早教班的事吵了一架，两人还没有和好。但是岚岚很聪明，善解人意，主动叫爸爸带她下去玩。看着父女俩出门的背影，晓迪叹了口气，不禁为昨晚的大吵大闹后悔起来。

岚岚两岁了，早就该上早教班了。同学和闺密的女儿都去上了，聚会时她们都在聊早教班的事情，因女儿没上早教班，她都不好意思见她们了。

家里只有这一个宝贝女儿，肯定要让她接受最好的教育，关于女儿上早教班的事情她已经劝说老公两周了。不过，因为一次就要交3万元学费，她自己也觉得压力很大。老公在行政机关工作，收入有限；她以前在外企上班时，收入还不错，但当疫情突然出现并持续不断时，外企收缩战线，开始裁员，晓迪很快就失业了。现在，家里的储蓄就她那点失业补偿金，交完早教学费也就见底了。

老公坚决不同意，理由还一套一套的。他认为，现在的早教不符合小孩子的成长规律，大都是商家为了赚钱骗人的，没什么实际作用，因此希望孩子到3岁时，直接上幼儿园。

晓迪有点不甘心，不过，回头想想，自己都失业了，家里的生计全靠老公，要是一直坚持支出这么大一笔钱，实在心里有愧。

晓迪从法国留学回来后，一心想在北京发展。她来自浙江一个经济发达的小城市，在国外这些年的留学经历对她的性格、爱好、生活方式甚至价值观影响很大。她首先学会了自己独处，在巴黎时租住在一个当地人家里，这个家庭的主人一年至少有半年不在家，所以大多时候都是她一个人在家，而学校有来自世界各地的学生，平时待的地方就是教室、自习室、书店，偶尔逛逛街，生活很是惬意。她特别喜欢大都市的生活和氛围，因此回国定居时，北京是她的首选。

晓迪在国外学的是管理学，留学回来后想在金融行业工作。2015年时，金融业是很多人求职的首选。毕竟，金融业白领的头顶自带光环，“时尚”“高薪”“知性”是比较显著的几个标志。

经过一段时间的投递简历和几轮面试，她被一家投资银行录用，做销售助理，听起来是做销售工作，但根本没有跑市场、跑客户等方面的压力。最近十多年，国内企业的上市需求旺盛，订单都排到几个月之后了，根本不愁客户。晓迪的工作就是联系客户，然后进驻当地企业，进行尽职调查，其实就是开各种会议、写各种报告，平时出差比较多，她也很喜欢这种节奏，正好可以顺便体验一下各地的风俗文化，接触一下大千世界各色不同的人等，对自己的生活状态晓迪还是很满意的。

当时，晓迪一个月的税后收入差不多有2万元，也算是高薪了，她在北京四环边的一个公寓小区租了一间房，一个月租金5000多元，剩下的收入全部用来买衣服、时尚包包、化妆品，当然也包括与朋友聚会吃饭、健身等，那时候很流行“月光族”，晓迪就属于典型的月光族。

日月如梭，这样的逍遥日子很快就过了两年。家里开始催着晓迪找男朋友，通过在北京的亲戚介绍，她也试着谈过几个，但是接触后都不是很满意。她对自己投行白领的身份还是比较自豪的，在她看来，公务员收入不高，私企大多朝不保夕，真正能入眼的太少。当然，国企的员工各方面都不错，但人家眼光也高，不一定看得上她。

后来，有亲戚介绍了一个公务员，名叫高强，两人第一次见面感觉还不错，后来相处也还顺利，没多久两人就结婚了。一年后，两人的爱情结晶——宝贝女儿岚岚出生，全家人都很高兴。晓迪觉得，老天很眷顾自己，这样的日子虽称不上完美，但她感到很幸福。

那年末，一场始料未及的疫情突然席卷大江南北，晓迪全家和所有普通人一样，出门都戴上口罩，坚持自己做饭，减少出门次数，连春节也没回老家，一家三口在北京过年。春节过后，疫情趋于严重，晓迪所在的公司以个别员工值班的形式继续维持。到了第二个月，新闻上就传出有一些公司开始裁员的消息。紧接着，就有传言公司要裁员了。

晓迪开始并不在意，觉得自己不可能被裁。在她的印象中，裁的应该都是业绩等各方面相对较差的人，而自己的业绩在全公司属于中上。再说，自己怎么说也是海归，如果裁员裁到她身上，公司起码得减员三分之二。

直到一天晚上，主管给她打来电话，说接到人事部通知，她被裁员了。晓迪的脑子顿时一片空白。平息了几分钟，她回拨电话过去，想向主管询问详情，对方冷漠地说，他也不清楚情况，让晓迪去问人事部。

第二天，晓迪赶紧找到公司人事部，人事部同事平时嬉笑的脸忽然变得很严肃，告诉她是总裁下的通知。她想找总裁问原因，人事部同事告诉她总裁出国了。

同事们的目光都冷冰冰的，晓迪一时不知道该怎么办才好，她不敢告诉父母。她跟一个平时关系不错的同事聊了一下，这位同事说，别折腾了，赶紧办手续吧，这种事情找公司没用。晓迪以前在电视上看过很多被开除，然后收拾东西走人的情节，没想到这种事情竟然会发生在自己身上，她的眼泪不禁夺眶而出。

过了好几天，粗心的高强才发现晓迪情绪低落，在他的一再追问下，晓迪趴在他的肩头大哭起来，并说出了实情。高强倒是很心宽，安慰晓迪说："现在经济环境不好，公司裁员很正常，我们一起努力就是了。再说了，我的工作稳定，你可以慢慢再找工作。"其实，晓迪知道，她老公的那点收入对这个家意味着什么。

一直以来，孩子的花销、保姆的费用、家里的各种开支加起来要不少钱。此前，两个人的日子过得就紧巴，现在大头收入没了，未来肯定更难了。想到这些烦心事，晓迪的头一下子就发胀起来。

晓迪为自己暗暗鼓劲，必须尽快找到新工作。在家里待了两周后，她开始到处投简历，参加面试，但由于疫情尚未过去，招人的单位并不多，而且要求比较苛刻。更悲催的是，不能进行线下面试，只能通过视频面试——这种方式成功率极低。

不断在网上投递简历，一次次面试，春节都过去了一段时间，工作仍然没有着落，晓迪彻底绝望了。一片茫然之中，她有一种每根头发丝都在焦虑的感觉。

# Part 2

# 三十年河东，三十年河西

2020年4月底的一天，上海的同学张丽突然给晓迪打电话，说全家要来北京玩儿。晓迪说去机场接她，张丽说不用了，并且约好当天晚上两家人在国贸一家饭店吃饭。

不过，电话中张丽补充了一句，是她请晓迪全家吃饭，她买单。晓迪担心外面吃饭太贵，所以邀请张丽一家来自己家里一起做饭吃。张丽说："不用，大家热闹一下。"

张丽的坚持让晓迪很吃惊，这不是张丽的风格啊！

在国内读大学时，两人是上下铺，关系非常好。不过，张丽来自农村，日子过得比较拮据，穿着打扮没有其他女同学那么时尚，平时也十分节俭，同学们一般跟她来往不多。

当时男生公认的文学院"五大美女"正好都分在一个宿舍，分别是林燕、张丽、晓迪、张瑶、刘琳。其中只有张丽来自农村，比较朴实。

晓迪就读的大学在北方很有名，新校区刚刚建起来，在这个城市的开发区搞了一大片地，有山有水，还有一大片林子，远离闹市区，校园景色非常宜人。

校园里正在大兴土木，到处是塔吊和挖掘机，整天轰隆隆地响个不停。最早建起了几栋楼，有几个学院先搬过来了，分别是法学院、经济学院、文学院、行政学院和历史学院。新的教学楼、新的食堂、新的学生宿舍和新的体育中心等，相关设施非常齐全，学生宿舍是5人一间，有卫生间和电话。

那个年代学生宿舍有电话的，全国仅此一家，这可把其他大学的学生羡慕坏了。很多人都说："这哪里是在上大学，简直是在度假。"

晓迪与宿舍里的几个女孩来自五湖四海，性格和背景都不同。刘琳来自北京，北方女孩子的豪爽和仗义在她身上体现得淋漓尽致，是宿舍里的大姐，能担当，敢说话。

晓迪来自江浙的一个经济发达城市，从小家庭条件优渥，性格大大咧咧的，不怎么管闲事。

张瑶是成都美女，生活得很精致，性格相对早熟，看问题比较到位，无论是在班级还是在宿舍里，关系处理得都很好。

林燕是"五大美女"中最漂亮的，来自山城重庆，只不过家庭背景稍差。从小父母离异，跟姥姥、姥爷长大，刚入学时，性格上有点孤僻和自闭。大家都很关心她，晚上睡觉后，姐妹们都会谈心，林燕也会谈到小时候的经历，如父母离婚对自己造成的创伤和小时候的孤独感受，大家听后不胜唏嘘。

张丽来自西部农村，平时生活比较节俭。她节俭到什么程度呢，大三那年，她将通过做家教赚的钱，还包括学校给她发的农村学生困难补贴，竟然都寄回了家里，这在同学中间一度都成了笑谈。

张丽和晓迪关系很好，晓迪的经济情况比张丽好很多，平时也对她帮衬不少，这让张丽很是感恩。

毕业后，晓迪留在北京，张丽考上了上海一所大学的研究生。然后，晓迪出国留学，两人一度失去联系。

晓迪回国后，两人又联系上了，但一直没见过面，平时微信聊天也少，她从别的同学那里了解到，张丽也结婚了，她老公是一家事业单位的研究员，而张丽则在大学里做行政，她有个女儿跟岚岚差不多大。让晓迪不敢相信的是，听说张丽在上海和老家竟然有六七套房子了。

对于某某买了多少套房，现在的传言其实很难让人相信，因为一个人有多少套房很难查实，有的人爱吹牛，有的人爱瞎编，晓迪也就没太往心里去。

不过，在北京陪张丽玩儿的这几天，晓迪还是感受到了张丽身上的巨大变化，这让她想起了那句古话：三十年河东，三十年河西。

其实，张丽这次来北京，明面上是来玩儿，主要目的是来安慰晓迪，以及商量怎么解决晓迪目前的困境。张丽是个心细又念旧的人，听说晓迪失业后，家庭又出现危机，所以想来帮帮忙、出出主意。

那晚欢聚后，第二天晓迪提议和张丽去逛商场。张丽说，算了，老同学好不容易见一面，不如找个咖啡厅好好聊聊吧。

在咖啡厅，张丽直接说出了此次来北京的目的。她说，我们是老同学、好姐妹，你现在遇到困难，有需要帮忙的，我一定帮，对于找工作和未来家庭生活的安排，我们也可以共同探讨。

晓迪不好再隐瞒，干脆把自己碰到的问题都对张丽说了。

张丽说："从求学和职业发展方面来看，你是一个成功的女性，但现在为什么会遇到这么大的麻烦呢？最关键的，是你的财务意识太过薄弱，受到这个时代浮华风气的影响，平时不够节俭，对于未来的财务收支包括职业规划都没有一个长远的安排，没有足够的风险意识。"

张丽感叹道："这次失业对你来讲也是一个机会，正是这次机会可以让你明白，作为一个现代女性，应该如何提前安排好家庭生活；明白一个职业女性可能面临的职业危机，并提前做好防范；明白现代女性应该有家庭理财的意识和习惯。在现代经济中，经济的核心是金融，而金融的核心是货币，现在的货币不是以前的黄金或者白银，黄金和白银的数量基本上是固定的，很难大幅增加。现在的货币是商业银行发行的数字符号，是一种信用，也就是信心，只要经济好，投资能够有收益，这个货币可以无限发行，但是经济发展有周期性，到了一定阶段，投资就不再赚钱了，那么创造出来的货币也就难以为继，一旦大家对未来失去信心，就开始大量抛弃债务，这就是所谓的债务紧缩或者信用紧缩，甚至会演变为经济危机。

"在农业社会里，除非有天灾或者战争，一般不会发生经济危机，因为货币是实物黄金或者白银等贵金属，数量是固定的，不因为人的乐观有信心而增加，也不因为人的悲观失望而减少，不会出现经济的周期性波动，也不会出现周期性的企业倒闭或者裁员降薪等。"

张丽进一步解释说："经济危机一旦发生，大多数的资产价值就会下降，那是因为大家没有信心，银行不贷款，货币减少，开始抛售资产以偿还债务。与此同时，企业投资失败，导致亏损倒闭，就会发生大规模的裁员，这时候很多人就会失去工作，直到债务减少到一定程度，此前投资的过剩产能出清，供给不再过剩，需求慢慢回升，并逐渐再来一轮经济周期，企业才会再次提振信心，增加投资，然后招聘员工。

“所以每一个现代人，尤其是女性，必须要有职业危机意识，每一天都可能面临失去工作的危险，这也就要求现代人要有存钱和理财的意识。从长期来讲，这是解决问题最根本的办法。存钱和理财事实上就是把现在的收入平滑到未来使用，并让现在的收入通过其他资产带来收益，为自己带来工作之外的现金流，比如投资房地产、商铺、股票、基金等，甚至购买保险，也是为未来的健康、大额支出进行提前储备，相当于给自己找到了第二职业。”

张丽分析说：“你之所以没有养成一个存钱和理财的习惯，主要是因为之前家庭经济情况较好，上学的时候家里能满足你的所有物质需求。大学毕业后，收入也比较丰厚，一直处于‘不缺钱花’的状态。

“可以说，你没有存钱和理财意识的一个重要原因是没有经历深刻的生活教训，以前的生活太富裕或者太顺利了，没有让你意识到存钱和理财的重要性。你的家庭条件好，生活经历也比较简单，没有吃过什么苦，对于钱，总觉得自己花得开心就好，从来也没想过存钱。”

对于张丽的分析，晓迪表示很认可。张丽在上海工作，身边很多人的理财意识是根深蒂固的，办公室里的几个女同事早就开始理财了，平时在办公室大家除了工作，剩下的时间就是聊理财，比如哪个银行推出了什么理财产品，哪个信托产品收益率很高，要限规模，哪个银行又推出一款高息的大额存单，哪个基金收益率翻倍了，等等，不一而足。

张丽从大二开始，就已经有了理财、存钱的习惯和意识，算是理财意识萌生比较早的女性。她出生在一个西部小县城，家庭条件很一般，妈妈是家庭妇女，爸爸是老师，家里的日子一向过得紧巴巴的。好在妈妈比较节俭，对生活安排得十分细致，一家人的生活才没有受到太大影响。

# Part 3
# 被抛在岸上的鱼

晓迪夫妻俩的遭遇，实际上在北京、上海、广州、深圳、成都等一、二线城市非常普遍。很多人毕业后留在大城市打拼，然后恋爱、买房、结婚、生子。随着生活、工作压力逐渐加大，部分夫妻开始为生活中的事情发生争吵，感情开始变差，再接下来就是离婚、分割房产、争夺孩子抚养权，然后离开大城市，回到老家。类似的情形，在晓迪的朋友中其实已经发生了好几起。

一些年轻人都是刚毕业时怀着对未来美好生活的憧憬，来到距离梦想最近的一线大城市，寻找工作，从最底层的位置开始干起，总觉得未来能生活在一线大城市，距离梦想更近，但是，现实很骨感。其中，一些人成功了，还有一些人中途遇阻。

其实，相比更多的人来说，能在北京买房算是比较幸运的了，因为早一批人之所以能够买得起房子，那是正好赶上了2005—2010年的好时光，当时一线城市房价刚刚启动，还不像后来那样涨得吓人。比如，晓迪买房子的时候，北京四环外的房子大约也就每平方米8000元，买一套100平方米的房子，大概首付20万元，工作3年左右，收入较高的白领就能攒够首付，而且月供也不高。像晓迪这种老家在江浙一带的，家里其实早就攒好了孩子买房的首付，根本就不用晓迪自己掏钱。

但是晓迪当时还是拿自己攒的钱，然后向父母和朋友借了一点，付了首付。她在国外留学几年，习惯了独立生活，因此，凡事不依靠父母这一点越发强化了。

而且，当时晓迪的工作单位整个办公室都充满买房子的声音，那时候正好来北京北漂的一拨人起来了，商品房大兴，到处都是房地产广告。外来的人要在北京扎根，买房子肯定是第一要务，爸爸妈妈早就跟她说过了：首先要给自己买套房子。

那时候，晓迪一个闺密在北四环的一个小区买了房子，她去看了，感觉那个房子所在的小区比较简陋，没有设计感，也缺少配套设施，院子太小，跟一个拆迁小区似的。

后来又有一个同事买了北五环的房子，让她周末去看。那个周六的中午她才醒来，同事打电话问她到哪里了，她说刚睡醒，同事说那你现在过来太晚了吧。晓迪当时在北京西边住，到北五环得两个小时，但她最后还是决定去看看，反正周末有时间。

那天，刚一进小区她就有点喜欢上了。一方面，这个小区比较大，小区大了就有安全感、有人气，业主也比较强势；另一方面，房子是德式风格，显得比较大气、简洁，这也是晓迪很喜欢的。

更为重要的是，这个小区一共规划4期，一期已经住满了，二期也刚售完，其他两期还在建造中。二期八栋只剩下一套房，她去看了，一个小板楼，南北通透，在4楼，门牌号是404。

这套房吸引晓迪的是两个卧室被中间的客厅隔开，私密性特别好。而厨房又在小卧室一侧，户型就成了长方形，这样从大卧室床上看厨房感觉遥远，显得空间很大，这正是她喜欢的。

晓迪问销售人员，还有没有类似的房子。销售人员说，这是这期剩下的唯一一套了，是尾房。她有点不放心，随口问了一句，这么好的房子怎么成了尾房？

销售小姑娘说："可能是户型的原因，现在人们大都喜欢比较齐整的户型，这个户型太长了；还有就是门牌号码是'404'，可能大家不喜欢'4'。"

晓迪可不吃这一套，她才不管什么门牌号码吉不吉利，马上询问了价格，又问了一下同事，跟她的房子比较了一下，感觉这个价格就很好，于是当场拍板，交了定金。

晓迪的房子就是这么买的，首付交完后就是国庆假期，上班后办公室的同事听说她买房了，都说现在房价已经很高了，国庆节后肯定会跌。当时她买的价格是5000元/平方米，但等她春节回来，小区的房价已经涨到了8000元/平方米，那时候的房价上涨速度真像坐上了火箭。

绝大多数人都是因居住而买房，谁又能想到，买房炒房也能赚钱，并且能赚大钱呢！因此无数人都在感喟：如果当时多买一套房……晓迪也无数次想过那个初秋的下午，她在北五环一带看房子的经历，她当时就只想买一套房子来住，从来没有想过多买一套当作投资，而那时候父母的积蓄完全可以在北京更好的地段买好几套房子。但自主独立的晓迪当时想到买了房子还要还贷款，压力太大，就没有做投资的打算。说到底，还是脑子里根本没有投资这根弦。

正因如此，自己算是与富豪的身份擦肩而过了。晓迪曾这样想。

有了房子以后，接着就准备结婚。结婚后，又顺理成章生了孩子。孩子出生后，晓迪也和身边很多年轻妈妈一样，一心想着自己那么优秀，孩子自然也不能差了，所以对教育的要求必须高，孩子要上各种早教班，上好的幼儿园，她还早早打听了小区周围的学校怎么样。这时候，压力慢慢地上来了，为了未来孩子的教育，夫妻俩必须拼命工作、赚钱、攒钱，买学区房，让孩子上国际学校。

这些压力对于进入社会不久的年轻人而言，是不可承受之重。随着更多的生活压力接踵而至，一些年轻夫妻的感情常常会出现问题，争吵、冷战甚至夫妻分房睡成为常态。

这时候，大家才突然发现，大学毕业后在一、二线城市发展的小夫妻就如同被抛在岸上的鱼，周围已经没有自己的生存空间了。当初留在一、二线城市最重要的理由是这里发展空间大、机会多，但如果突然失业了，你会发现合适的工作其实并不好找。

一、二线城市的教育资源当然是比较好的，但是对于一个外地人来说，没有当地户口，就不能进当地的公立学校；即使你有当地户口，进了公立学校，但是因为买不起学区房，孩子也难以进入一所好学校，那么只能就近去一般的学校上学。你甚至会发现，这些学校的师资力量实际上还远不如自己老家的学校好，这是最让人丧气的。

留在一、二线城市还有一个优势，那就是医疗条件好，有实力的大医院多，但是人多看病难、住院床位紧张等问题却很突出。

不过，刚开始大多数人都会对暗藏的问题选择隐忍，等到孩子上学等问题火烧眉毛了，大家就开始现实了，甚至有夫妻直接办理离婚手续，然后卖掉房子，分割财产，关于孩子，两人谈妥，按照孩子的户口所在地，划归由谁抚养，然后孩子回老家上学，各自回家。

无论如何，孩子的成长需要父母的陪伴，孩子回老家上学，父母也必须陪伴身旁，这时候，在一、二线城市拼搏已经意义不大了，所以绝大多数人会无奈选择辞职，回老家创业或重新找工作，一切重新开始。

近些年，这类事情发生得很多，比如在北京，比较大的一个困难在于孩子的户口不在北京，在北京上学只能选择上私立学校或者国际学校，而私立学校和国际学校的学费太贵，大多数人根本上不起。有些人就算上得起，但因为不能在北京参加高考，最后还是得回老家。

当然，最重要的还是家庭财务问题。很多夫妻来自外地，两个人通过努力工作积攒，或者向父母借钱凑个首付，在北京买房、买车。如果是在21世纪初房价刚刚开始上涨时买房，那时候北京五环外，房价大概在每平方米五六千元，买一套100平方米左右的房子，首付也就不到20万元，月供三四千元，也不算贵。回头来看，那个时候结婚买房的年轻人无疑是非常幸运的。

许多北漂们选择离婚，在某种程度上，是因为北漂梦破裂后的后遗症，结婚是他们这个梦想的载体，一旦梦破灭了，婚姻存在的必要性也就没有了。

晓迪倒是不用担心这个问题，她的老公是公务员，有北京户口，女儿岚岚也上了北京的户口，以后可以直接在北京上学，享受北京优质的教育资源，她唯一担心的是未来要买学区房不是那么容易。

# Part 4
# 没有财务规划的家庭

晓迪的老公高强是某部委公务员，参加工作没几年就分到了一套120平方米的经济适用房，房子比较大，而且便宜。高强的父母身体不好，需要在北京看病，所以这套房就让两个老人住了。

晓迪夫妻俩加起来有两套房子，看起来还是很不错的。当初，为了装修好晓迪平生购买的第一套房，也为了有一套满意的婚房，高强专门从老家请了一个木工，自己从市场上买木料，亲自参与装修，因为材料和施工都比较过硬，装修质量还是相当高的。

第二年，夫妻俩就有了女儿岚岚，女儿聪明、漂亮、乖巧，夫妻俩视如珍宝。小区物业有一个幼儿园，属于私人幼儿园，每月的收费在4000元左右，加上各种补习班，孩子每月的教育花费不下七八千元，这相当于老公每月的工资收入，这种情况在北京比较常见，两人还勉强负担得起。

晓迪和她老公兴趣爱好相投，都是文科生，都喜欢艺术、喜欢读书。装修房子时，还特地设计了两个偌大的开放式书橱，客厅和卧室被这两个书橱占据，进入家门就好像进入了一个图书馆。此外，两人还喜欢书画，周末经常一同练习书法，家里也摆放了一些名画或者奇石之类的物件。那几年，在朋友们看来，他们小两口简直就是神仙眷侣，羡煞旁人。

其实，晓迪的婚姻中隐藏的问题还是很多的。因为晓迪来自江浙中等城市，家里条件好，父母收入也高，经济方面相对宽松；但老公高强来自北方农村，父母身体也不好，需要长期在北京住院看病。之前，晓迪就想把老公分的大房子租出去，积攒几年租金，然后换一套学区房，为岚岚未来上学做准备，但是高强坚决不答应，说父母含辛茹苦一辈子，好不容易把自己拉扯大，如今年老体弱，他想让父母在北京颐养天年。为此，小两口经常吵架，时间长了，双方都觉得对方难以理喻。

夫妻俩为各种鸡毛蒜皮的小事吵架多了，互相的猜疑也逐渐多了起来。比如，晓迪加班很晚回家、高强平时出去应酬，也会成为他们吵架的原因。就这样，夫妻关系日渐破裂，最终走到了分居的地步。

只是苦了小小的岚岚，聪明伶俐的她看出父母不和，每当他们吵架时，岚岚就会哭着劝妈妈或爸爸不要大声说话了，或者是含着泪无辜地盯着爸爸妈妈的嘴，一副害怕的模样，再就是大哭。

晓迪知道这种环境对孩子的成长不利，尤其是女孩子，会导致其缺乏安全感，所以她也会尽量克制，只是一旦进入暴怒的状态，她也就什么都顾不上了，只管拉高调门，出自己的气，可是事情过后，她又十分后悔。

在这种频繁的争吵过程中，晓迪曾摔坏过一部手机，高强也摔坏过两台电脑。

其实，晓迪深深地知道，自己和老公平时都是好脾气的人，为什么在一起时反而都有这么大的火气？这让她感到非常困惑。

每次吵架后，她都会对自己说，下次一定要克制，实在忍不了就不说话，往外边走。但是一旦吵起来，这些想法就跑到九霄云外了，她为此也深深地懊悔和自责。

晓迪想起自己的父母一直恩爱有加，从没有看见他们吵过架，她从小到大都是生活在和睦温馨的环境中，感到非常幸福，结婚前自己的性格相对也比较温和。而且就算平时邻居、亲戚夫妻有人吵架或闹离婚，自己的父母还会去劝架，并进行各种开导解释。小时候晓迪亲眼见过，有些邻居父母吵架甚至大打出手，会把自己的小伙伴吓得在那里大哭，很是可怜。这时，她总是会去陪伴和安慰小伙伴们，对他们表示同情，也颇为自己和睦的家庭而感到欣慰。可是现在，女儿却承受着和当初自己的那些小伙伴一样的压力。晓迪不知道也不敢想岚岚未来的性格会怎么样。一想到女儿的成长环境还不如自己小时候，晓迪的心底不禁升起一种无尽的悲凉感，眼泪忍不住流了出来。这时，她感到自己的婚姻已经没有存在的意义了。

当初，晓迪和她老公一起在北京打拼，结婚买房，追求梦想，想要过精彩的生活，把青春献给自己的理想。但她现在才明白，为了理想中的生活付出的代价实在太大了。

事实上，在一线城市结婚生子，拥有一套房、一辆车，已算是一个成功的小家庭。如果精心经营，在财务和婚姻上好好打理一番，这样的生活还是很美满的。虽然算不上大富大贵，但足以让很多普通家庭羡慕了。即使回了老家，夫妻俩也可以为孩子选择一个更好的学习和生活环境。北京的房子也许可以不卖，或者即使卖了，在其他城市也可以买几套房，这样在财务上就会很宽裕。

后来，当有了一些理财投资意识后，晓迪才发现，她和老公感情破裂一个很重要的原因是，没有对家里的财产做很好的规划，负债太多，资产几乎没有，收入基本是停止不升，这导致家庭财务很容易出现问题。

晓迪自我分析，她家的负债主要集中在房产方面。房产对于一般人来说是资产，但对于晓迪夫妻来说，其实是负债。每月固定有贷款按揭5000元的支出，同时，家里的一辆车的保养费、保险费、洗护费、停车费、高速费和油费等方面也是固定支出。这辆车当初是晓迪父母出资买的，主要是为了晓迪上下班方便，但后期的费用是小家庭来承担的，时间长了，这一部分支出压力也不小。还有就是给岚岚请保姆，每月5000元，各种固定支出加起来，他俩一半的工资就没了。

而资产方面，只有在银行有一点活期存款而已，这都是两人工资的一点小额结余，但因为都是年轻人，晓迪夫妻俩平时消费出手也比较大方，所以这方面的结余也不多。

晓迪对当初家里的财务安排进行了深刻反思，得出一个结论：首先，保姆就不应该请，以她家当时的条件，其实不用雇保姆，公公婆婆尽管身体不好，但是老两口如果跟他们生活在一起，完全可以帮忙看孩子，这样就可以减少每个月5000元的负债。然后，把120平方米的房子租出去，负债就变成了资产，每月可至少增收2000元，这就相当于每月增收7000元。

这7000元可以投资公募基金和一些保险产品，比如孩子的教育储蓄类险种，即使存银行定期，最终也有一定的收益。如果自己胆子再大一点，趁那时候房子还比较便宜，完全可以从父母那里借点钱，凑个首付，再买一套房，那就可以投资房产了。如果真是那样，自己的人生将会变得很不一样，但是，人生从来都没有如果，否则，天下就没有任何后悔的事情了。

只怪当时自己太年轻、太任性，只顾享乐，一心追逐自己心中的意愿生活，根本没有想过这么多，老公和周围的人也没有向她建议过。

另外，对于岚岚的教育，当时的考虑也有问题。那时，各种早教班和培训班很多，也非常贵，夫妻俩一门心思只想让女儿接受最好的教育，先后给她报了很多班，如英语班、智力开发班、音乐班、美术班和舞蹈班等，还咬紧牙关买了一架钢琴，请老师来家里辅导岚岚。

其实，岚岚很反感名目繁多的培训，尤其非常排斥学钢琴，为此，她不知道哭了多少次鼻子。虽然岚岚的钢琴学得不错，但也留下了诸多不美好的记忆。

而培训费对于晓迪一家来说，实在是负担太重，因为夫妻俩根本没有持续创造现金流的资产，学区房价也在直线上涨，一想到岚岚上学买学区房的事儿，晓迪夫妻俩就非常焦虑。

晓迪认识到，这个阶段强制储蓄非常重要，比如每月强制储蓄3000元，一年就能有36000元的结余，10年下来，就超出36万元。如果再定投公募基金等，完全有可能成为将来买学区房的基金，或者这部分收入可以弥补自己失业后财务支出上的困难，从而缓解夫妻矛盾。

# Part 5
# 遭遇离婚

晓迪夫妻俩早早规划好大年三十这天，要去老公高强的一个同事家聚会，一来两家人在一起热闹；二来两个孩子可以做伴一起玩。

但是当天起床后，晓迪突然就不想去了，她也不知道是什么原因，可能还是工作的事情让她心烦。她跟高强说不想去时，高强当时就火了，大声吼道："早都跟人家说好了，人家已经准备了，你不去我怎么跟人家说啊？"

"你跟岚岚去吧，我休息一下。"

"不行，你必须去。"

"我自己还做不了自己的主？不去，坚决不去！"

"你混账！"

"你才混账！"

"咱们俩性格上差异太大，还是分开吧，分开比什么都好。"

"好，今天就离！"

晓迪说着就往外走。高强一把抓住她的肩膀，她回过身来，开始和老公厮打起来。这时候，岚岚放声痛哭，听见岚岚的哭声，晓迪的心都碎了，她赶紧过去抱住岚岚，说别哭别哭，我们出去玩儿。

小区院子里的雪还没化，有一些小孩子在快乐地玩耍。冷风一吹，晓迪突然脑子一激灵：我这是怎么了。

还好，岚岚毕竟是小孩子，挂在脸上的泪珠还晶莹剔透，但是看到雪，看到小伙伴，她还是很激动，从妈妈怀里溜下来就跑去玩儿了。只是，此时的晓迪突然发现自己竟然无处可去，不禁泪如雨下。

岚岚还在雪里地玩儿，口里叫着“妈妈，妈妈，快过来玩”。这时，晓迪又想起了自己的父母，可是她没心情回去，怕父母问起自己家庭和工作的事情，不好说。

老公高强的老家是北方某农村，晓迪只是结婚前和结婚后分别去过一次，那里的生活习惯与自己差距很大，特别是饮食口味比较重，而晓迪的江浙老家饮食偏淡、偏甜。加上几年海外留学的经历，更让她接受不了重口味儿，所以她回老公的老家最怕的就是吃饭。而且农村的生活条件相对艰苦，对于从小在城市长大的晓迪来讲，很难适应。

高强是典型的凤凰男，全凭自己的聪明和勤奋，考上北京的一所大学，然后考上公务员，尽管过程艰辛，但一路走来还算顺利。

公公、婆婆此前在北京住，今年早早就回老家准备过年了。他们一直希望晓迪一家回去过年，看看可爱的孙女，一家人共享天伦之乐。

不过，他们最终决定不回去过年了，主要是晓迪不想回去。面对这种情况，公婆的不满可能已经向老公表示过了，所以老公脸色很难看，对她爱答不理，有时说话也像吵架一样。

当然，因为有孩子，大多是老公先息事宁人。二人的婚姻其实早就出现了危机，只不过为了孩子，大家一直隐忍着。

在老家，老公可是个人物，当年他是以高考全市第一名的成绩考入北京的一所大学，是父母和亲戚的骄傲，家族也对他寄予了很大希望。但结婚后，亲戚发现，高强娶的老婆好像不咋地，嫌弃农村，夫妻俩也不一起回老家过年。老家的闲话多了，这让高强很有挫折感。

后来高强父母来北京居住，农村的生活习惯一时也改不了，这实在让晓迪有点受不了。很多时候，都是高强自己带着岚岚回老家，这让他心里很不痛快。

在一些小说中，晓迪读到过中国传统女性的贤惠、孝敬等美德，但现实到了她身上，确实又做不到，这让她体会到了文学和现实的巨大距离。

当前的这种状态，显然不是晓迪想要的，随着时间的推移，更暴露出两人在性格、思维方式和价值观等方面差距太大。老公高强一点也不浪漫，说一是一，说二是二，从不拐弯抹角，常说一些让晓迪不爱听的话，是典型的“直男癌”。比如，结婚纪念日或者她的生日，他也会忘得一干二净。除非晓迪提醒，他才会买几朵玫瑰花。而且，还会提前告诉她，从来不懂安排成惊喜，花也是从网上买便宜的。更可气的是，好几次还买错了，买成了塑料花。老公的种种行为，让晓迪感到索然无味，好好的特殊日子最终闹得不欢而散。

在日常生活中，高强也是节俭过度。比如，吃饭只炒一个菜，喝水就直接灌凉白开。他平时经常衣服袜子胡乱扔，也不太注意个人形象，还时常不注重个人卫生，睡觉时打呼噜，说话声音也大，吃饭还吧唧嘴，这些都让晓迪很无奈。而高强则看不惯晓迪过于爱收拾、打扮，把大把时间用于逛街和收拾家里的卫生上。此外，她不必要的花销太多，比如办了各种健身卡、洗脚卡、洗头卡、美容卡、按摩卡等。为了这些琐事，夫妻二人吵了无数次。

每次在俩人吵架时，女儿都会呆呆地看着爸爸妈妈的脸，然后持续地大哭，这哭声如钢刀般扎到晓迪心里。

其实，晓迪从内心里觉得高强是一个很好的人、一个很好的老公、一个很好的爸爸，但是他俩真的不太合适，尤其是在生了孩子后，两个人的分歧逐渐加大，三天两头吵架，以至于老公很长一段时间以来回家都很晚，而且回到家就自顾自地坐在沙发上看电视，不愿意和晓迪多交流。

晓迪深深地知道这段婚姻该结束了，她思考过无数次，仅仅是因为害怕对岚岚不好，才拖到现在。她想，父母离异的孩子现在虽然很多，但还是对不起孩子，未来只有通过自己的努力来弥补了。

婚姻走到这一步，两个人都明白，再强行绑在一起，已经没有任何意义了。

这天晚上，高强又去小屋睡觉了，看来大家都主意已定。第二天，高强起床洗漱后，穿好衣服就要出门，晓迪看着他的背影说："孩子我带，抚养费每月支付，你可以随时看孩子。"

高强头都没回，说了声"好"，就走了。

晓迪知道，按照老公的性格，他肯定不会放弃孩子，这只是暂时回应她。果然还不到半小时，老公的微信信息来了：女儿不能归你，我来带。

晓迪的回复是：那就听法院的。

她马上找了一个同学开的律师事务所，请同学给介绍了一个律师，然后在律师陪同下，去法院写好了诉状交给法庭，开庭时间定在一周后。

晓迪最后还是把离婚的事与父母说了，二老倒也没有多说什么，只是说既然已经走到这个地步，也只能这样了，希望晓迪不要太灰心，孩子一定要自己带，他们可以帮她，让她处理好自己家庭的事就行了。

开庭那天，晓迪带了律师一起，不过坐在被告席上的只有高强一个人，法官问他是不是自己代理，他点了一下头，能看得出他神情的疲惫。

法官把诉讼请求念了一遍，晓迪已经准备好如何辩诉孩子的抚养权，不过高强表示他完全同意诉讼请求。

晓迪了解过一些离婚官司，知道主要诉讼请求大都是孩子的抚养权，而高强可能也知道法院判他抚养孩子的可能性很小，就爽快答应了诉讼请求。

晓迪选择要孩子，房子因为是婚前财产，不用分割，各自回各自的房子即可。晓迪还要了车子，因为车子本来就是她父母买的，当时申请牌照的时候，也是用她的名字申请的，所以这个也没有异议。而孩子的抚养费，从2岁到18岁，由高强每月付给她6000元。

# Part 6
# 勇敢创业

失业加上离婚，晓迪心想，这可能是一个女人最惨的遭遇了，这或许是上天在考验我吧。

不过，晓迪无暇考虑太多了，她首先想到的是，必须给自己找个事干。经过这次婚姻变故，她的一个切切实实的想法就是，必须尽快找到活儿干，踏踏实实挣钱，给自己和孩子找到一个安稳的立足之地。

她想起自己以前上班时曾经读过的一本畅销书，讲的是一个人要想过上富足的生活，必须要有除了劳动之外的资产收益，就是你在睡觉的时候，都能有钱赚，除了购买房产、基金、股票、保险等资产之外，个人创业是通往财富自由的主要途径之一。

她想，要是自己也创办一家公司，那就再也不用去找工作了，只需自己给自己发工资即可。

可是，她也知道创业有多艰难，那可是九死一生啊，身边创业失败的案例比比皆是。但让她再次出去上班，看老板脸色行事，她又始终觉得不甘心。经过反复思考后，晓迪决定，选择做一个成本低廉、收入稳定、风险小的项目，哪怕回报低一些，但一定要稳健，第一步成功了再说下一步。

就在晓迪开始自己在家照顾孩子，并思考下一步怎么走的时候，她从带孩子这件事中找到了创业的灵感。

晓迪想到，有孩子的家庭，最大的刚需是找到孩子喜欢玩的地方和项目，并且距离不要太远，而在一线城市，这对很多家庭来说是绝对的稀缺品。

没有孩子之前，家在多数时候只是一个休息的地方，人们大多时候都在上班、聚会或是娱乐，回到家的大部分时间又都在睡眠中度过，所以对家的使用率并不高。而有了孩子后，情况就变得不同了。单就对很多妈妈来说，为了照顾孩子，起码有一两年要天天在家。孩子稍微大一点之后，小区庭院、儿童乐园这些此前很少去的地方就成了年轻父母外出的首选。

特别是当孩子学会自己走路以后，就会翻箱倒柜，爬上爬下，把家里搞得一团糟。再大一点，又总是盯着电视看，为了保护孩子的视力，父母就必须经常带孩子出门玩耍。这个时候，多数家庭要么在小区里，要么去公园，但是这些地方孩子去的次数多了，也就没新鲜感了，大人也会觉得索然无味。此时，他们就特别希望有个既好玩又便宜的去处。于是，晓迪突然萌生了在郊区找一个院子住的想法。

更为重要的是，那段时间大环境经济低迷，城里的豪华游乐场让很多家庭望而却步，与此同时，北京周边的城际高铁开通了不少，郊区游成为众多城市白领周末“放风”的良好选择。

晓迪还记得，有一次和高强带岚岚出去玩，想找一家饭馆，但找了一两个小时也没找到合适的，一是因为郊区的饭馆太少了；二是就算找到了也是人满为患，要排队很久，而且就餐环境还不好，也没有提供儿童餐。

晓迪还发现，郊区的风景其实大同小异，出来玩几次就没什么新鲜感了，而带孩子出来的家长，最主要的愿望是给小孩子找一个安全的玩乐之所，不一定要豪华，只要小孩子喜欢就行，大人们则可以在一边喝茶、闲谈，呼吸新鲜空气，休闲放松一下。

开了窍的晓迪想，不如自己在郊区开个中式快餐店，外带一家咖啡馆，配上一个大院子，院子里再专门搞一些小孩子玩的设施，比如蹦蹦床、钓鱼池、滑滑梯、戏水池等，这不就是一个创业项目吗？

为什么选择做快餐店，而不是农家乐呢？晓迪有自己的判断，现在的农家乐已经很多了，而且农家乐的饭菜制作没有标准化，很难控制质量，做菜时间也太长，一顿饭可能会吃一两个小时，这样总的客人数量就十分有限。

如果是中式快餐，只做设计好的几个菜品，质量、口味也能有保障，简单、便捷，适合于城市白领，并且可以跟咖啡配套。同时，在周边农家乐用过餐的客人，也可以带着孩子直接过来悠闲地喝上一杯咖啡。

想到这里晓迪感到很兴奋，认为这个项目应该很有前景，因为自己有这样的需求，那么其他有孩子的家长应该也有类似的需求。为此，她还问了一些之前的同事和朋友，他们都对这个项目赞不绝口。

晓迪以前常常驾车带岚岚去郊外玩儿，感觉最理想的地方是北京延庆周边。

这里号称长城后花园，从北京市区驾车经过京藏或者京新高速，跨过长城就是一片盆地，附近还有野鸭湖公园、龙庆峡、八达岭野生动物园等著名景区。这里北部是群山，南面是燕山山脉，八达岭长城就在这里蜿蜒开去，附近还有好几个国际滑雪场，距离官厅水库也不远。在北京，很多周末出来玩的人都会以延庆为首选。

越想越兴奋的晓迪立即在网上搜索相关资料，发现野鸭湖边上一个叫里炮村的村子有二层小楼要出租，她赶紧带着岚岚驱车赶过去，但到了现场一看，发现并不合适，因为只有一个小小的院子，无法满足她养花种菜的愿望。

当天晚上，晓迪和岚岚就住在了里炮村附近的民宿。没想到，这让她另有发现。这个村子很有意思，旁边是一个大型度假村，整个村子都是整齐划一的200多平方米四合院，非常规整，周围环境也很好，旁边还有一个公园。小村子规划非常好，有儿童娱乐设施，也有成年人的体育项目场地，比如篮球场、网球场、排球场等。

站在村子里，举目一望就是巍巍群山和蜿蜒曲折的长城，一个个烽火台一字排开，让人仿佛回到尘封已久的战争岁月。

这里，每个四合院面积有200多平方米，院子中间还有一块种果蔬的土地，面积和位置都比较符合郊外休闲娱乐的需求。

这个村子一半改成了民宿，一半在对外出租，村民都搬到了楼房集中居住。

由于农村的宅基地无法买卖，只能长租。接下来的两个月，晓迪进行了艰难的租房谈判，谈了好几家，常常是与这个家庭成员谈好了，家庭其他成员却又提出异议。最终，耗时2个月才与一家签好一份20年的租房合同。

接下来，便进入了紧张的装修环节。在装修过程中，晓迪发现附近的度假村和民宿周末都是满客状态，还有很多的民宿也正在装修，但住宿承载量虽大，却缺少娱乐休闲配套设施，这也正好符合她做休闲、儿童娱乐配套设施的想法。看到这种态势，晓迪信心更足了。

很快，标准化的快餐馆和咖啡馆就装修好了，占地面积足有200平方米，可以同时容纳50~60人，包括餐厅、亲子阅读馆、中式茶桌位、房顶露台位、蹦蹦床位、钓鱼池塘和滑滑梯等相关配套设施。

这里客位分散，自在私密，院内有花园植被景观，院外可望见群山，附近无遮挡，有充足的阳光，是游客晒太阳、观景、聊天的好去处。

由于周边民宿较多，再加上前期投入计划所限，所以，晓迪只设置了几间高档的双人套房，是给相对高端消费的客户留的。

综观整个度假村，从4月到11月，周末基本都是满客状态，有充足稳定的客源。但附近没有咖啡馆，缺少娱乐设施，也没有中式快餐。由于多数游客都是带着老人和孩子来度周末的，主要是想在民宿放松，不想太过劳累。这部分客人就成了晓迪开的咖啡馆的主要消费人群。

晓迪设想的快餐馆和咖啡馆的最大的特色就是：生活美学综合体和亲子时光休闲地，游客可以从中看出这完全出于个人兴趣和经历。

晓迪认为，审美即生活，艺术即经验。生活美学在当代中国呈现为一场消费观升级，即从过去的实用主义消费观升级到个人主义和享乐主义消费观，这是审美意识的一种回归。

没想到留学时养成的偏好竟然用到了自己的创业项目上，晓迪感叹，真是世事无常啊！

晓迪给自己的店取名叫作“麓无事”。她也不知道为什么要取这个有点古怪的名字，但就是喜欢。在店内招牌上，她还加了一句宣传语：对世俗生活保持浓烈的兴趣。

# Part 7
# “麓无事”火了

“对世俗生活保持浓烈的兴趣”，可能城里人的压力太大了，几乎没有太多时间去享受世俗生活。而晓迪的这句宣传语，没有太多的矫揉造作，直击人心。

这家开在山脚的特色小店为过厌了城市生活的人群提供了一个小小的避世空间，在这里，只有感悟晨夕变化，品咖啡、赏花，跟着店主参与关于美的体验。

“麓无事”每周末都会举行各种体验活动，包括插花、陶艺、手工银饰制作、皮包制作、绘画、小型音乐会等，人们在这里放松身心享受慢时光，感受着关于生活的点点滴滴。“麓无事”也是一家小小的艺术馆，在这里可以欣赏到新生代艺术家的书画作品、花艺、手工作品、饰品等，咖啡馆内的周边产品独具匠心，喜欢的还可以选购带回家。

另外，“麓无事”也适合朋友、情侣、全家人在此休息放松，这里的一大特色就是主打“亲子时光”。

“麓无事”的小院子完全复制了农家院的模式，但是风格精致、简约又不失现代，总体来看院子是一个天井的设置，南面一排房子设置为酒店住宿，相对比较高档，有5个套间，是一家三口的好住处；北边的房间是女主人一家的生活起居处；西边一排是咖啡休闲屋；东边一排是厨房和咖啡制作屋。

院子比较大，有几棵果树、一片葡萄架，葡萄架下就是一排藤椅和秋千，旁边还有一个小沙坑，可以让孩子们玩沙子，院内还有滑滑梯、海洋球池、攀爬架等儿童娱乐设施，供小朋友们开心玩耍。孩子们玩耍时，家长们可以获得暂时的解放，能够愉快轻松地品尝咖啡饮品。

咖啡屋也是书房，既有文学、历史、设计、花艺等方面的书籍，也有适合小朋友阅读的绘本，既适合大朋友品味书香，也适合大朋友陪伴小朋友进行亲子阅读。每周末举行的体验活动可以全家参加，使家人感情联结更加紧密。

晓迪的“麓无事”与星巴克、COSTA等商业化咖啡馆的区别体现在，非常强调使用高品质咖啡豆，并坚持手工冲煮的方式，这样做当然也有普及咖啡文化的想法。

这里的主要产品包括：咖啡（以手冲咖啡为主，也有大众易接受的拿铁等）。根据咖啡豆产区不同，价格从32元到68元不等。其他饮品包括：奶茶、梅子苏打、各式果汁、莫吉托、牛奶、冰啤酒等。甜品包括：古早蛋糕、奶油泡芙、蛋黄酥、菠萝包、老婆饼等。

“麓无事”还精心种植了花卉，为了使花园景致美观宜人，室内设计也处处用心，随便一拍都是美照。饮品中有鲜花系列，杯盖上装饰着新鲜小花束，喝完饮品可以将花束带回家。

考虑到“麓无事”的主要客源为附近度假村和民宿的顾客，晓迪每周六会派人分发传单，让更多人知道“麓无事”，需要光临的顾客可以步行上门。

另外，“麓无事”的环境使其有天然的口碑传播优势，山区的自然风光，咖啡馆的花园、内部设计、饮品外观等，随手一拍都是可以在微信朋友圈、小红书等圈子传播的美照，具有网红店的潜质。

一方面，因为北京的人口规模庞大，周末和节假日到周边游的需求持续暴涨，但是周边游的设施供给相对不足，尤其是特色咖啡馆在郊区景点中非常稀缺，这是众多咖啡爱好者的一大缺憾。

另一方面，周围的大型度假村和民宿是同一家公司运营，整体规划良好、风格统一、宣传力度大、客流量稳定，除了周末，工作日也有不少客人，受益于此，“麓无事”的客源也非常充足。

“麓无事”的独特性也使其具有顾客主动在网络上传播的潜质，依靠微信朋友圈和小红书等社交媒体传播，比广告宣发等方式效果更好。顾客坐在院子里喝杯咖啡，从院墙望出去，就能看到远处的蜿蜒逶迤的燕山山脉苍苍莽莽地掩映在薄雾中，而长城则如一条游丝在山脊上游走，此情此景让人心旷神怡、浮想联翩。

从营业额上算，饮品及甜品一天平均可以翻台三次，上午、下午和傍晚时段各有一次。周末每天客流量约50人，饮品及甜品平均每位消费50元，周末两天收入为5000元；体验活动方面，周末每天体验活动在固定时段由老师统一授课，周六两场，周日两场，每场体验活动约10人参加，人均消费200元，周末两天收入为8000元；艺术品及周边售卖，店内展出的画作、手工作品、饰品、花艺、周边产品等均可售卖，每周售卖金额约3000元。

初步估算下来，每周营业额为16000元左右，每月营业额为64000元左右，一年经营8个月来计，每年营业额可达50万元左右。

尽管盈利不多，但是足够养活自己和女儿了，这是晓迪创业的初衷：先活下来再说。

其实，晓迪之前把她想在郊区开快餐店和咖啡馆的想法讲给过张丽听，张丽当时觉得不是很靠谱。理由是，去郊外的人都去逛风景了，谁还有空喝咖啡啊，住下来的人也主要是吃当地的野味和特色餐饮，喝咖啡不是刚需。张丽觉得，开一家特色餐饮店，可能更适合。

但晓迪对特色餐饮店毫无兴趣，主要是不符合她的爱好和初衷。开快餐店和咖啡馆的想法主要来自自己生孩子、带孩子的体验，尤其是带孩子去郊区玩儿时，自己和其他家长都有这方面的需求。比如一家人到了郊外吃完饭，逛累了，却没有休闲的地方，大人也许还可以聊聊天，闭目养神，喝喝咖啡看看书，但孩子却没有玩的地方，比如荡秋千、玩玩沙堆、戏戏水等。她还记得岚岚小时候就非常喜欢看小溪里游动的鱼，还喜欢自己去抓鱼，她当时就想，一定要找个有溪流、有小鱼塘的地方，能让小孩子抓鱼玩儿。这个项目虽然可以满足大人和孩子的需求，但她心里依然没底，她知道特色餐饮的确是刚需，快餐对于上班族来说平时都吃够了，但是特色餐饮成本又太难控制，而且竞争激烈，自己也没有这方面的经验。

对于装修，晓迪也特别上心。她从朋友那里打听到一位设计师，尽管这位设计师刚毕业不久，还很年轻，但已经在国内拿过奖。晓迪把自己的想法跟他说了一下，没想到，这个设计师深表赞同，因为他也想实践一下郊区休闲项目的设计方案，所以直接就答应免费给晓迪做一个设计。

只用一周的工夫，设计师就完成了设计图纸，然后晓迪就去找施工队。这个倒是不难，以前家里保姆的儿子就在北京做装修工作，很熟悉装修流程，而且晓迪还帮他介绍过好多装修项目，大家彼此都很放心。

当然，因为要完美实现设计意图，在整个装修过程中，晓迪还是处处盯着的，尤其是后期的刷涂料、贴壁纸，还有购买家居和设备，都是晓迪深度参与的。

折腾了好几个月才把所有的东西布置妥当，而制作咖啡是晓迪的拿手活，她要制作这个城市最好的咖啡，咖啡豆必须是原产地直接进的，然后自己磨，包括杯子、牛奶等都是经过精挑细选的，甚至连用的水也是品牌瓶装水。

这个区域还有一个好处，就是这里已经形成一个郊区游的配套产业链，比如住宿、景区游、餐饮、休闲娱乐等已拥有了一个专业化的产业链，客人到了这里其实享受的是整个产业链的服务。这个村子有一个管委会，除了日常管理之外，主要功能是为商家和游客建立联络平台，游客住下来后，关于去哪里吃饭、去哪里娱乐、去哪里喝咖啡等都可以通过这个平台找到适合自己的去处。

刚刚营业的一段时间，因为大多数人还不知道"麓无事"，专程到这里休闲的人不多，后来随着来的客人开始通过小视频、微博和微信朋友圈宣传，"麓无事"很快就火了。

为了控制成本，初期晓迪身兼多职，既是老板，也是员工，还负责采购。后来实在忙不过来，就找了个帮手。再往后，又请了一个有咖啡制作经验的女孩子，然后再找了一个帮手，这样店里一共就有了4个人。

一些客人喝了"麓无事"的咖啡以后，感觉味道非常好，口有淡淡的余香，就好奇地过来想仔细看看，看见漂亮精干的老板娘，也愿意聊聊天。有段时间，晓迪国外的同学也跑来看她，有几个直接就住在店里，帮她料理生意，但是吃饭、喝咖啡的费用照付。

随着生意红火起来，很多人劝晓迪再开一家分店，经过分析她认为这不是一个好主意，主要是太忙，收益也比较低，其实就是赚点辛苦钱。

晓迪计算后发现，一个客人一天最多在她这里喝两杯咖啡，却常常能占用大半天时间，而且除了住宿，其他设施都是免费的，一杯咖啡50元，尽管不算低，但一天只能接待80个客人，才4000元，一个月流水12万元。而她雇了3个人，除开人工成本和租金，再加上其他成本开销，其实每个月的净利润没有多少了。

幸运的是，随着客人的增多，晓迪终于在财务方面渐渐宽松了一点。在这个阶段，晓迪发现，虽然自己赚的是辛苦钱，但至少安稳踏实，风险也比较小。

# Part 8
# 连续创业

“麓无事”有了大量的客流之后，晓迪实在忙不过来了，她自己不再亲手制作咖啡，而是雇用了专业人员。

她现在的主要工作就是陪聊，也因此认识了各具特色的社会人士。在跟客人聊天的过程中，她还得到了很多启发。比如，她发现，她所住小区里的托儿所现在就是一个刚需。

晓迪在跟客人聊天的时候了解到，一方面现在年轻夫妻请保姆太贵了；另一方面保姆也不稳定。一个保姆在北京的税后月工资在5000～8000元，这个工资水平高于都市白领的平均收入水平，很多家庭承担不起，于是很多年轻的妈妈干脆辞职在家带孩子。但是年轻人又不甘心因为孩子就此与社会脱节。通常来说，在家带上几年孩子，当孩子大一些后，妈妈们想再回职场，会发现困难重重，这样的例子实在太多了，这不仅会导致家庭财务紧张，还会影响夫妻感情，甚至导致离婚。

晓迪由此想到，要不要做一个家庭托儿所的项目呢？只要收费比一般幼儿园低，解决孩子的食宿，再聘请几个专职幼儿老师，能够切实解决父母上班后孩子没人照看的问题，应该是大有市场需求的。

晓迪特地打听了一下，得知她所住小区有许多年轻父母都有这方面的需求，只是比较在意托儿所的安全和卫生，而且希望下午下班后如果不能及时接走孩子，托儿所也能再托管一段时间，哪怕每小时多收一点托管费也是可以的。

晓迪了解到这些需求后，说干就干，她把咖啡馆托付给一个老员工照料，自己回家开始准备起来。她在小区一栋楼的一楼租了一套270平方米的房子，月租金为10000元，然后开始整修房子，申报资质，再次忙碌起来。

在申报资质的同时，晓迪主要是盯着房屋的改造。为了满足日常用途和安全保障，这套房子需要划分出老师办公区、孩子食堂、教学区、儿童游戏区等，还要准备各种玩具和教具。算起来，投入成本其实没有郊区的咖啡馆高，但是挑选合适的幼儿专职老师却费了晓迪不少精力。

等到这间小小的托儿所开张后，晓迪把儿童报名的年龄限定在了2～3岁，也就是小朋友从会走路到上幼儿园前的阶段。晓迪分析过，这个时期的儿童可以暂时离开父母了，但还没上幼儿园，很多父母会因为要上班或处理各种事情，希望能找一处让人放心的临时照看孩子的地方。

针对这个需求痛点，晓迪暂时把托儿所的收费标准定为每人每月3500元，同时灵活规定每月初交费用，上几天就收几天费用，如果连续一月没上，费用可以全退。这也是针对每个家庭带小孩的不确定性专门做出的安排。比如，孩子身体不舒服，或者带小孩的老人突然有事时，就可以把孩子托付到晓迪这里。

晓迪虽然学的不是这个专业，但是自己亲身带大过孩子，也有了一些经验，而且她非常喜欢孩子，看过很多育儿专业书籍，对孩子也很有耐心，对这份事业她是真的很投入。

托儿所开张后，第一周来报名的就有12人，后面有陆续进来的，也有陆续走的，然后就逐渐稳定在20人左右，几个月运营下来，每月收入在7万元左右，总收入虽不算高，但因为是在小区里，每天的工作比较固定，波动不大，安全性也比较高，这让晓迪非常满意。

通过这个小小的托儿所，晓迪还认识了一大批家长，也让她见识了人间百态。这当中，很多孩子父母是已经离异的，妈妈要上班，一般就让爷爷奶奶带，如果爷爷奶奶身体不好，实在带不了，就会把孩子送到托儿所来。也有一些条件不错的，孩子小小年纪已经在上各种早教班，但在晓迪看来，其实现在很多早教班意义不大，只要在有利的情境中让孩子培养出较好的生活、学习习惯和认知能力即可。所以对于家境一般的家长，晓迪有时候会在聊天的时候提醒对方，没必要的钱不要花，那样不仅浪费，还对家庭造成较大的经济压力。

随着托儿所的口碑逐渐好起来，第二学期报名入托的孩子大幅增加，达到40个，这样就必须开两个班了，晓迪随后又多聘请了几个老师。她还另外招了一个外教——一个来自丹麦的美女，她起初是来北京旅游的，但是由于特别喜欢中国，于是就在晓迪所在的小区租房住了下来。

能请到这个外教也纯属偶然，开学那几天，这个丹麦女孩常常待在托儿所栅栏外面，微笑地看着孩子。晓迪就过去跟她聊天，才知道她来自丹麦，以前竟然还是学幼儿教育的。晓迪知道许多中国家长都希望自己的孩子能够学点儿外语，开阔一下国际视野，于是就雇用了她。小区的家长们看到这里有货真价实的外教，纷纷前来报名。

经过一段时间的运营后，晓迪的托儿所虽然总体运转良好，但由于政府在托儿所方面的要求日趋严格，因此，晓迪认为还是有一定的政策风险，不宜把规模做得太大，于是，她就逐渐把精力转移到幼儿的网络教育开发上来，因为她又发现，高质量的幼儿艺术教育课件在全国都很缺乏，而且这方面的利润很高，复制成本则较低。当她与自己在国外的朋友联手开发出一套新颖的课件时，根本就不愁销路。她的另一扇事业之门就又被打开了。

总结过往，晓迪发现，自己创业成功的一个关键就是围绕自己对生活的感悟，为消费者解决需求痛点。比如，自己在带小孩、培养小孩的过程中发现当下大都市白领在带小孩和教育小孩方面缺乏适应他们需求的产品和服务，然后就通过不断学习和思考，找到了合适自己的创业项目。

另外，在刚开始创业时，项目一定要小，不能贪大求全，务必符合自己的能力，风险小，哪怕利润不高，但相对容易成功。

晓迪还发现一个创业的秘诀，那就是在完成一个创业项目的过程中，可以利用过去的人脉资源，不断开拓其他资源，从而寻找下一个商机。

# Part 9
# 农村女孩的目标

上海在国内有一个称呼叫“魔都”，这个名头把上海作为一个东方现代化大都市的神秘感展现无遗，引人遐思。

张丽从上海一所大学的研究生院毕业后，便留在了上海一所知名大学里做行政人员，她的工作应该算是比较理想的。那几年，文科硕士毕业生想留在一线城市的高校已经很难了，张丽之所以能留在这所大学里，主要是因为她弟弟的导师正好在这所大学，通过这层关系将她介绍到学生处，由此谋得一个负责学生工作的职位。

这个岗位听起来是要跟学生打交道，但是由于学校太大，其实很少直接面对学生，主要工作是把各部门报上来的各种文件进行上传下达。尽管刚开始干起来很枯燥，但张丽慢慢也就习惯了，再看看自己的同学有去企业做文秘的，有去报社当记者的，也有去做销售的，大多数人的岗位其实都难说理想，相对来说，张丽的工作还算相对轻松。

其实，当年毕业的时候，研究生还比较流行去外企和民企挣大钱，也有一些人直接选择自己创业，但张丽的目标很明确，她只想在一线城市找一个事业单位或者公务员这样稳定的工作，然后再找一个稳重可靠的老公，结婚生子，过踏实安稳的生活，这也是她跟很多同学想法不一样的地方。

张丽最得意的还是找了一个好老公，当别人羡慕她，说她能干、日子过得很幸福的时候，只有她知道，自己的这份幸福主要来自找到一个好老公。关于这一点，她没有跟其他人透露过，只是跟晓迪说过一次。当时，晓迪对她的这种说法嗤之以鼻。

张丽其实很早以前就对未来的老公有过规划，当初从西北山村考出来到大城市上了四年大学，然后又读了三年研究生，在这个过程中，她已经对婚姻和家庭有了一定的认识。在她刚工作的时候，很多本科时的同学都结婚了，她发现，凡是跟了生意人或有钱人的，大都日子过得其实并不怎么样，而找一个所谓有点理想、有点才情的文艺青年做伴侣的，那更是灾难。

和张丽同宿舍的林燕，就是一个例子。张丽那时很羡慕林燕，因为林燕是她们系的文艺委员，系里各种活动都有她的身影，当时被称为系花和院花。

那时，系里的团委书记是一个高干子弟，还是一个诗人，经常在学校校报上发表诗歌，而且留着一头长发。此人对林燕一见钟情，从大一追到大三，直到大三的情人节，此人为林燕送出了365朵玫瑰，并且在女生宿舍的楼下用点燃的蜡烛拼了一个心形，还让围观的男生一起大喊她的名字，然后这个团委书记就长跪在玫瑰花旁读起了长诗，诗文就是自己对林燕的思念，此后，林燕开始接受了这个男人。

那时，系里所有的女生都羡慕林燕，只有张丽心里觉得不怎么样，当然她不会说出来，因为她怕别人说她嫉妒。也不知道为什么，她总觉得这场感情不是很靠谱。

张丽看着林燕和那个男人很快好上了，每天出双入对，男人还给林燕买了手机和好多衣服。林燕人长得漂亮，有挑剔的资本，但她似乎对别人送的东西非常痴迷，这也让张丽很迷惑。而张丽当时每月的零花钱都是自己打工赚的，有时候还要去做家教才能凑够学费。

当时张丽真心地想，她不会收男孩子送的礼物，即使这个男孩子是她喜欢的人，她也会非常谨慎，并且在财务方面一定要保持独立，送东西也要对等。如果有男孩子送她东西，她也一定要回送同等价值的东西，即使未来结婚了，她也要做到夫妻平等。

张丽那时最欣赏的是舒婷的《致橡树》里的那句话：我如果爱你——绝不像攀缘的凌霄花，借你的高枝炫耀自己。

而那时林燕拿到男朋友送的东西后，也会情不自禁地向舍友们夸耀。张丽把林燕的样子告诉过闺密晓迪，晓迪只是笑着说，你就让她高兴一下吧。

过了几个月，林燕竟然和那个男人在校外租了房子同居了，这可把张丽吓坏了，张丽也曾跟晓迪说起过此事，晓迪哈哈一笑说，尽管学校对此是明文禁止的，但是大家都是成年人，知道自己行为的意义和后果，能够自己承担责任。

“行了，小丫头，别瞎琢磨了，出去散步吧。”那时晓迪对张丽就是这么说的，张丽虽不赞同林燕的做法，但还是学着晓迪，做一个大度包容的人。

让大家大跌眼镜的是，仅过了一个学期，林燕就搬回宿舍来住了，而且整个人性情大变。大家议论说，那个男人又跟另一个外国女留学生好上了。再后来，那个男的还跟那个外国女留学生一起出了国。

林燕接受不了这个打击，没多久就生病住院了，最后只能休学回家，她毕业硬生生推迟了一年。

# Part 10

## 她的方向感太强了

张丽太知道自己想要什么了，她出生在农村，还有一个弟弟，爸爸曾经是一个民办教师，妈妈是农民，很早以前，家里的土地就被征用了，那时的土地赔偿金并不高。之后，妈妈就去县城的饭店里当服务员，爸爸也在国家清、退、并、转民办老师的大潮中失去了岗位，然后去了外地打工。

张丽的爸爸会一些泥水匠手艺，在工地上也算是一个技术工，收入还过得去。后来，妈妈跟爸爸一起去打工，妈妈主要是搬砖、运沙做小工，爸爸则砌墙、抹水泥做大工，两口子相互配合。

而她小的时候，父母曾经在家里做面皮，然后逢集时，在镇子上卖。老家是每三天逢集，父母在逢集前一天晚上几乎不睡觉，提前把面皮做好，这也给幼小的张丽留下了深深的记忆。

张丽还记得，做面皮先要把面发酵，然后把发了的面团放进一个大盆里，倒上满满一盆水，同时用手不停去捏，捏啊捏，捏到最后淀粉就沉到水底，手里只留下面筋，接着还要把沉在水底的淀粉舀出来在蒸笼里摊成薄薄的一片，再用几个蒸笼重叠在一起开始蒸，不一会儿一笼屉柔柔的、白白的、透明的面皮就成型了。在蒸面皮的同时，爸爸妈妈还要准备烫辣子油、调料和各种配菜。

忙到黎明，爸爸妈妈只能爬到炕上眯一会儿眼，趁着天蒙蒙亮就要提前去集场上抢占位置。因为卖面皮的人太多了，必须早早占一个好位置，才能有好生意，如果摊位偏远，辛辛苦苦做的面皮卖不掉就可能变质，那样就白忙活了。

等到张丽的父母把摊位布置好，赶集的人也就陆续来了，他们往往没吃早饭就出门了，摆摊挣钱后，也愿意吃碗面皮，其实老家的面皮并不贵，两块钱就能买一大碗，张丽的父母有时一天能卖到200元左右。

不过，也有面皮卖不掉的时候，这时候父母就只能背回家给自家人吃，有时接连吃上几顿，张丽和弟弟会觉得十分痛苦。有一次，实在吃不下去了，张丽和弟弟就偷偷把面皮倒进牛圈里，结果被妈妈发现，狠狠挨了一顿骂。此后，张丽就再也不爱吃面皮了。哪怕是在上了大学以后，宿舍里的同学热热闹闹凑在一起吃面皮时，她也会出去避一下再回来，因为她很怕闻到那个味道，在她眼里，面皮不是美味的小吃，而是苦涩的回忆。

再后来，镇子里有很多女孩子开始出门打工，一年半载回来后，一个个都打扮得漂漂亮亮的，还有一些女孩子考上大学毕业后当上了国家干部，全家人的生活也都跟着改善了。爸爸妈妈常常在张丽姐弟俩面前议论，希望张丽姐弟也能成为其中的一员。张丽当时心里就想，打工哪有考大学好，自己一定要好好学习，将来考上大学，毕业后当个国家干部，再也不让妈妈去卖面皮了。

张丽本来就很聪明，一直是个乖乖女，从小学到中学，再到大学，始终是老师眼中的优等生，直到考上北京的一所名牌大学，可谓一帆风顺。可是等到上了大学，她看到了另一个世界，看到了同学之间的巨大差别，像晓迪这样的同学，家庭条件好，吃穿很讲究，学习似乎不用太动脑子也能考个高分。

让张丽感到气愤的是，有一些家庭条件好的同学，看到她生活窘迫、穿着比较土气，言语里总带有一些瞧不起的意味。不过，张丽倒也没有怀恨在心，她能理解，毕竟大家来自不同的生活环境。张丽感叹好在有晓迪这个闺密，尽管她俩家庭背景不同，但是晓迪没有那么多世俗的习气，晓迪则喜欢张丽的踏实、真诚和刻苦，因此两个人在大学时感情很铁。

她俩的性格差距很大，晓迪大大咧咧，对什么事情都不挂在心上，不是很细致。而张丽则不同，她的方向感很好，凡是去过的地方，看一眼就能准确记住。所以每次逛街，晓迪必会叫上张丽，那时候还没有智能手机，也没有智能导航，张丽就成了晓迪的“人工导航仪”。

张丽在大学时就对自己的生活有了规划，她知道自己的身份和处境，也想过，要想出人头地，考公务员是一条捷径，可她并不想回老家当公务员。为此，她又咬牙去读了研究生。

在读研究生的第三年，张丽的弟弟正好也考到上海一所大学读研究生。弟弟的导师是上海一所大学的教授，而这所大学的校长还和他是同学，通过这层关系，张丽得知弟弟的大学里正好缺一个行政人员。

那时候，因为张丽的弟弟在给这个教授的孙女辅导功课，所以张丽也常跟着弟弟去教授家，她还主动帮教授一家做饭、收拾卫生，给这位教授留下了非常好的印象，认为这个女孩非常朴实。其实，对于张丽来讲，这点家务活相对于干农活，实在算不了什么。

在一次闲谈中，教授问起张丽毕业后的去处，她说："留在上海肯定是没希望，只有回老家去考公务员了。"教授就随口说道："别回去啊，我来帮你问问，我们学校的学生处好像缺人，如果不行，你再去考公务员也不迟。"就这样，在教授的帮助下，再加上年龄、学历、专业都很合适，张丽幸运地进入了这所大学的学生处做了行政人员。

# *Part 11*
# 理财的第一步

“我好喜欢上海这座城市。”张丽喝着咖啡，微微抬起脸看着晓迪说，“当别的城市的人都在做梦的时候，这个城市的人很实在，说得粗俗一点，他们在搞钱；说得文雅一点，他们在做事。”

张丽说：“上海的一切价值判断都放在钱这个标准上，这样的标准单一明确，尽管也有弊端，但是很轻松、实在，不用猜测，不用胡思乱想，有钱就是有钱，没钱就是没钱，有钱就可以买好的房子，买好的车子，买好的衣服，吃好的东西，做自己喜欢的事情。”

事实上，自改革开放以来，包括上海在内的一线城市的房产就在快速升值，如果在这个升值的过程中能够抓住时机，有投资意识，开始购买房子，个人的财富也会膨胀起来。对于一线城市的很多原住民来说，也许当时没有预测到房价会有这么高的涨幅，以为自己有房子住，也就没有去关心房地产，没有看到这个市场的变动，现在看来，房地产价格的变动当时几乎等于重新分配社会的财富。如果在这个阶段，真正关心了房地产，又正好进行了投资购买，则大概率会成为这波财富大分配中的幸运儿。

相比而言，南方一些大城市居民的理财投资意识比较浓厚，一个是因为他们身处的环境有浓厚的投资气氛；另一个是因为他们当中很多家庭当时就已有一定的财务基础，比如购房首付比较宽裕。

当财富传承到第二代，也就是20世纪八九十年代出生的孩子身上时，他们的财富已经积累得比较多了，就算上班，比如做文职、销售、市场等相对辛苦的活，目的也是让自己的脑子一直在学习新东西，以防万一有一天这些财富没了，他们还能保持较高的职场竞争力。

南方的很多小姑娘、小伙子，其实家里都有好几套房，早就实现财务自由了，他们上班一个月的薪水可能还不够他们买一件衣服、买一双鞋，但是他们还在上班，就是为了收获一份安全感。

在比较好的财务基础上，他们都会做一些投资，有些人在饭店里有股份，有些人在酒吧里有股份，有些人会投资一个高科技企业，有些人则直接买公募基金、信托产品或者私募产品等，而有些有投资经验的人则直接去投资股票。

投资在这里就是一种文化、一种习惯、一种生活。

张丽上班后，发现办公室里有许多上海本地的女孩子，她们从小在上海长大，大学就在上海念的，全国其他城市既去得少，也不感兴趣，言谈中上海就是宇宙中心。这些上海本地的同事，虽然家里财务状况较好，但依然花钱很节省，绝不花一分冤枉钱，精打细算是她们的风格，比如早餐和午餐她们会尽量在学校食堂用餐，食堂的餐饭虽然味道一般，但是非常便宜，而且营养齐全、卫生健康，这就是她们所青睐的。

这种节俭的意识，让她们很早就有了理财的习惯。也正因为有了她们，上海才处处洋溢着浓厚的投资理财气氛，上海人的这个特点，也让她们在财富赛道上总是领先一步。

平时，她们虽然十分节俭，但是在享受生活方面，却也非常舍得花钱。

经过多年的熏陶，张丽其实也慢慢成了一个典型的上海女人，精明、精干、精致，妆容一丝不苟，买名牌包包和衣饰绝对大方舍得。

另外，孩子的教育开支也是张丽这类上海妈妈最大的花销之一，比如上早教班，各种兴趣班、素质班，以及课外加强班等。凡是她认为重要的，都必须参与，不惜血本，还有小家庭每年会安排去欧美国家度个假。

“一定要学会节约每一分钱，晓得不啦。”张丽曾和晓迪说过多次。“也就是精打细算啦。”张丽笑着说道，“你看看所有的富人几乎都是精打细算的，因为只有精打细算，才能把每天小小的收益逐渐滚动做大。”

张丽还说：“所谓开源节流，其实就是积累本金，让小钱像滚雪球一样逐渐地滚大，所以理财的第一步就是要改变习惯。”

“那你有什么好方法吗？”晓迪问道。

“当然是记账咯。”张丽说，“你看这些都是我的记账本。”

说着，张丽放下咖啡杯，从自己的名牌包包里拿出了好几个小小的记账本，上面细碎到连买支铅笔和买块橡皮都记得一清二楚。这些笔记本跟张丽的名牌包包格格不入，在张丽猩红的长指甲下显得非常局促。这一幕就好像之前很火的电视剧《都挺好》里苏大强的记事本，零零散散，但写得满满当当。

记账可以清楚地记录并掌握自己的收支情况和资金流向，有助于将没必要支出的部分省下来进行强制储蓄，每期积累下来，复利的结果是惊人的。尤其对于女性而言，在花销方面是比较冲动的，如果一直是月光族，没有任何积蓄，那就根本谈不上理财投资，生活还会一直处在窘迫的状态之中。

# Part 12

# 为什么需要记账

张丽告诉晓迪，为了避免成为月光族，必须对收入和支出进行记账。这样也是为了让自己更加了解家庭的收支状况，准确地掌握一个月能够剩余多少钱。假如，通过记账发现自己每个月都没有办法结余，那就应该看看自己有哪些花销是可以节省下来的费用，以后尽量避免同类支出。如今，智能手机上有各种记账类软件，张丽还细心推荐了两款比较方便、实用的App给晓迪。

其中一款App，功能强大。用户能够和自己喜欢的角色互动聊天，很适合女白领和记账小白。这款App在注册时，可以设置陪你聊天的角色，包括国内外明星、动漫角色、游戏角色等，还能选择头像甚至称呼。这款软件的记账方式也很特别，点击App下方的“+”，就可以选择记账的种类，填写金额，还可以选择日期和支付的账户，最后确认保存。不过，这款记账软件只能记录日常开支，却不能对记账人的整体资产状况进行统计，所以更适合记账新人。等到记账新人逐渐对自己的消费习惯有所了解，能够把支出水平改善并稳定下来之后，用户就可以升级使用能够记录资产情况的记账软件了。

另一款软件被许多记账人誉为“宝藏App”，它集合了记账、备忘录、倒数日、生理期、作息、天气、课程表等众多功能，还可以编辑多个账本，便于更好地区分工作和生活的不同开支。每个账本的预算设置也可以分周、月、季、年，对晓迪这样的记账新手来说，非常实用。

当然了，除了记账，还要养成一些良好的消费习惯。比如，每月拿到工资，就先把当月的“必要支出”转进支付宝或者微信钱包，随后当月所有衣、食、住、行相关的开销都以此进行支付。

比如，张丽给自己定的每月日常开支是不超过3000元，在工资发下来的那一天，她就先把工资全部转到余额宝中，之后所有的开支都用余额宝支付，日常开支力求控制在3000元，如果本月有额外支出，下个月也会尽量缩减开支，把每月开支稳定在目标之内。为了做到执行有效，月底还要复盘自己的消费情况。

不过，记账也不是事无巨细地把每一笔开销都记下来，然后把记账App或者手账本填满。无论是用App、Excel，还是纸质手账本，都是为了科学掌握自己的开支情况，而不是为了记账而记账。

张丽解释说：“想通了这个道理，我们的视角就会慢慢发生转变，需要考虑的，不再是‘记钱’，而是‘管钱’。通过不断地‘管钱’，目标管理的思维就会逐渐内化成我们的习惯，进而增加自己对金钱和生活的掌控力。如果只是一味地节省，到头来会让自己身心俱疲，效果反而适得其反。理财的前提应该是要先保证自己的生活不会被扰乱，这样的理财才能更早地让自己实现财务自由。”

张丽说，提前做好消费预算，也可以形容为消费限制。所谓消费预算就是有计划地进行消费，对用于消费的这部分资金提前做出合理安排。

张丽自己就是这样做的，每月都会先给自己定一个数目，然后再根据实际去调整。比如，书本文具费，她的预算是100元，如果某次消费超出了这个额度，她就会反思自己是不是笔记本买多了，或者其他暂时不必要的文具可以先不购买，这样就可以保证消费不超出预算。

所以，每次需要购物的时候，张丽都会提前看一看自己的账本，清楚知道自己花费了多少，还有多少预算。

其实，对于普通白领而言，通过记账，最终节省下来的钱，可能并不会马上用来投资，因为记账人这时的财务还不是很宽裕。同理，如果记账人首先需要一笔长期风险备用金，比如计划用于家人或者自己生病住院时，如果这笔账必须由自己来负担的话，那么就必须每月都准备一点钱放进银行里，当然也可以选择买货币基金或者进行定期存款，不过，需要特别注意一下，有些投资和理财产品是不能随时提取的，如果要提取的话，收益只能按照活期存款计算，这样多多少少会损失一些收益。

# Part 13

# 资产配置越早越好

为了让荷包更鼓，张丽对银行储蓄有个专门研究。她发现，这些年随着存款利率走低，躺在银行里的钱已经不能实现较高收益了。

她查询了中国人民银行的历年统计数据后发现，早在1990—1996年，5年期存款年利率平均值为12%；1997—2012年，5年期存款年利率最高值为6.66%，最低值则只有2.79%。到了2014年，5年期定期存款就基本从市面上退出了。而相应的活期存款利率也在逐年走低。从2015年至今，活期存款利率仅为0.35%，一年期定期存款稍高，利率为1.5%。

计算一下就知道，1000元存银行活期，存款时间为一年，利息=10000×0.35%×1=35元；如果选择一年期定期存款，利息=10000×1.5%×1=150元，也就是说，同样是10000元，定期存款可以拿到比活期高出3倍多的利息。

活期存款的钱可以随时支取，具有较高的流动性；而定期存款，就需要满足一定的时间，在约定期限内不能支取相应的存款，如果提前支取就要按照活期的利息计算，损失会比较大。所以，就算是要在银行存款，如果这部分资金不着急使用的话，也可以用定期的方式来锁定收益。

但是存钱并不完全等于理财，它仅仅是理财概念里面的一个小的分支。张丽跟晓迪谈到理财时说："投资和理财虽然都是让自己的资产产生更多的收益，但是所承受的风险级别不同，风险级别不同，决策依据也不相同。就拿理财来说，仅仅是为了让自己的资产最大限度地实现保值或者增值，所以相对风险较小。但投资不同，投资是为了追求收益最大化，所以风险也会比较高。"

"像我吧，最近都是在做理财，理财就是一种通过认真分析研究，期待保本并能获得一定收益的行为。而理财法则一是尽量减少风险，保住本金；二是坚决牢记第一条。"张丽笑着说道。

"当然，本金没有了，心态也会变坏的。"张丽继续说，"记住钱是你自己的，一般来说保存财富比挣钱更难。一旦你损失很多钱，将很难挣回来。"

张丽还介绍了一句华尔街投机之王利弗莫尔的名言：凡是有损失的，都要卖掉；有利润的，才能留着。保住了本金，就意味着你会取得盈利；而长久的盈利，最终就体现出复利的威力。

确实，亏损永远比赚钱容易得多。亏损10%，要赚11.11%才能约等于保本；假如亏损50%，那就得赚翻倍才能保本。

就拿基础理财来说吧，如果想走出第一步，就要先进行资产配置。哪怕你现在的资产还很少，但进行资产配置的想法一定要有，而且越早开始会越好。

张丽说："比如你可以按照普尔家庭资产配置图为自己设置四个专用账户，也就是著名的'4321分配法'。即保值账户（占40%）+投资账户（占30%）+杠杆账户（占20%）+流动账户（占10%）=100%。

“保值账户是用来保证资产的安全性的。通过养老金、债券等低风险但收益稳定的产品来实现资产的保值，为自己的资产打下最坚实的基础。

“投资账户用来投资，也就是以钱生钱的部分，无论是投资在基金、股票上，还是投资在房地产上都可以。

“杠杆账户用来防止生活或工作中的重大危机，无论是重大疾病，还是家庭变故，它会让你在面临突发情况时有足够的资金来应急。

“流动账户代表资产的流动性，主要用于个人及家庭的短期消费，可以随用随取，但是因为总量设了限制，所以在使用的时候也会有更多考量。

“一般的家庭这样设立四个账户，专款专用、合理配比，既避免了账户间分割不清、相互拖累，又更容易使资产升值，可以更好地规避风险。

“但是理论归理论，在现实生活中，我们很少能同时去建立四个账户，因为这样很容易混淆，简单一点就是用一分为二的方法，即流动性资产+固定资产配比法。流动性资产就是每月可供支配的灵活资金，固定资产就是有目的地去选择存储的资金。

“从长远来看，对资产进行有效配置、有计划地储蓄、明智地进行投资，是可以实现资产的稳步增值的，最终也有望积累更多的财富。”

张丽说，无论是“4321分配法”，还是流动性资产+固定资产配比法，经过实际运用，发现效果都不错。

# Part 14
## 银行理财并非稳赚不赔

张丽也是从一个理财小白逐步成长起来的。她很清楚，对于理财小白而言，出于安全需要，首先考虑的是如何通过银行端进行理财。随着这几年国内理财新规的落地，非保本理财产品的销售起点金额降至1万元，这类理财产品适合经济基础薄弱的年轻投资者，但其缺点就是收益率偏低，据2021年5月银行理财产品平均预期收益率来看，均值保持在3.73%范围内。

而且，以前银行理财产品有的保本保息，有的保本不保息，有的既不保本也不保息，但是经过这几年的金融改革，保本保息的银行理财产品已经没有了。

简单来讲，银行理财产品的收益主要来自银行拿客户的钱去做投资，然后向客户分配收益。之前，保本保息的理财产品就是即使银行拿客户的钱去投资发生亏损了，也要按照承诺的利息支付给客户。后来，随着监管政策变化，如果客户购买的银行理财产品亏损了，客户也要承担亏损的风险。换句话说，投资银行理财产品已经不像之前那样安全了。

不过，银行理财大多是挂钩货币市场或者债券等低风险、低收益产品，投资股票等高风险的产品较少，所以风险还是相对较低。

张丽提醒晓迪，家庭理财有很多学问，需要慢慢地实践，逐步找到适合自己的方式，否则，很容易发生亏损。比如，理财小白在购买产品之前，一定要注意，别只看到收益高就买，尤其是对各种合同条款的真实含义一定要了解清楚后再下手。

另外，不同银行的理财产品收益率也不同。一般来说，可按照收益率从大到小排列，城商银行>股份制银行>国有四大银行。如果想追求高一点的收益率，可以考虑从股份制银行和较大的城商银行里面择优筛选去购买理财产品。

在选择理财方式前，一定要先衡量自己的风险承受能力，量力而行。在国内，银行一般将理财产品风险由低到高分为R1（保守型）、R2（稳健型）、R3（平衡型）、R4（成长型）、R5（进取型）五个级别。

其中，R1（保守型）是指这个产品的风险低，收益的波动也比较低，产品本金安全性高，本金损失的可能性小，收益为零的可能性很小。

R2（稳健型）是指这个产品风险较低，收益波动也不大，虽然也可能有本金和收益安全产生不利影响的因素，但产品本金出现损失的可能性较小。

R3（平衡型）是指这个产品风险程度适中，收益有一定波动，产品本金有可能出现损失，并且不可忽视。

R4（成长型）是指这种产品风险程度相对较高，收益波动比较明显，有较高的可能出现本金损失。

R5（进取型）是指这个产品总体风险程度高，收益波动较大，也可能出现高收益，但本金可能出现损失，连本带利全部损失的可能性也不容忽视。

因此，张丽建议像晓迪这样的理财小白，最好是认真对待风险测评，谨慎评估自身风险承受能力，在合适的风险水平下选择符合自身收益目标的理财产品。

当然了，普通投资者必须清楚，风险和收益存在正相关性，也就是说，收益越高的投资，风险也就越大，而且任何理财都是购买者自负盈亏。

根据张丽的经验，购买银行理财也有很多门道。银行出售的理财产品一般有两大类，即银行自营和代销。自营很简单，就是银行自己设计、发行、出售的产品，可以理解成“自家的孩子”，安全性比较高。而代销，就是说银行不负责管理产品，产品安不安全、靠不靠谱，都由发行机构来负责。

到底该怎样区分自营和代销？最简单的方法就是看合同。仔细看合同上的发行方是不是银行。如果是正规的银行发行的理财产品，合同中会注明银行名称，说明是由哪家银行发行的理财产品。

在银行端购买理财产品时，有两类产品一定不要购买：第一类是非正规金融机构销售的理财产品，正规金融机构都是由国家发放金融牌照的，各方面相对正式。第二类是银行里售卖的其他非正规金融机构的产品，尤其是银行客户经理私下卖的产品，往往和银行没有任何关系。

对于银行在售的理财产品，发售渠道包括网上银行、手机银行和营业网点。期限上面，会有3个月、6个月、9个月等多种期限，购买时可根据自身的情况来选择投资任意一款产品。

张丽的投资习惯是：一般选择3～6个月的理财产品，因为这种理财产品时间占用比较少，又能有灵活的资金支配，而且在利率上与长期限产品相比相差并不大。

看着张丽把投资理财技巧说得头头是道，晓迪不由得暗暗佩服。几年不见，没想到张丽的变化竟如此之大。

“其实，银行理财，就是将自己的存款交给银行打理，银行专门有理财子公司，这些公司募集到客户的资金后，也会去做投资，比如投资货币基金、债券基金，买国债和公司债券等，或者把资金委托给其他机构去做投资，比如一些公募基金、私募基金、保险资产管理公司和信托公司等。当然，银行理财也有风险，不过他们的投资相对保守，权益类产品投资占比较小，大多是固定收益的产品。”张丽耐心地解释道。

说了这么多，张丽的目的就是要晓迪充分了解自己的风险承受能力。为了增加说服力，张丽还提到了身边的一位朋友。她说：“我的这个朋友工作两年后攒了3万元，就开始雄心勃勃地打算做投资了。在2020年的农历春节前，他把全部资金都买了某只基金，他认为基金不像股票，风险相对较小，自己也能接受20%左右的浮亏，所以就大胆入场了。可不承想，春节过后，这只基金没有按他预料的那样增长，反而起起落落，逐渐滑向了亏损的深渊。等待3个月后，他最终选择割肉离场，把剩余的资金购买了保本固定收益型银行理财产品。此后，他经常自嘲，没炒过股，却饱尝了股民的辛酸。”

# Part 15

# 时代的旁观者

张丽的财务规划应该说是比较成功的，这源于她节俭、善于规划、爱学习。此外，还有一个原因，是她运气真的很好。张丽结婚时，正好是中国房地产市场大爆发的前夕，她果断地抓住了这个机会，在此之后的房价上涨浪潮中，还有很多人发了大财，张丽只能算是其中微不足道的一个，但对于个人而言，张丽却算是赶上了这趟时代列车。

当然，她身边也有没赶上这趟车的，介绍张丽进大学工作的那位教授就是其中一位。这位教授本身就是一位经济学家，妻子是一位家庭妇女，两人育有一个儿子，在21世纪初的上海，他们算是很成功的。

这位教授为人谦和、学问精深、为人师表，深受学生和同事的喜爱，妻子虽是家庭妇女，但贤惠端庄，平时相夫教子，还经常招待教授的学生吃饭，夫妻俩日子过得很安稳。当时，单位给他们分了一套六七十平方米的房子，一家三口也够住了。

当年房价开始上涨的时候，这位教授没怎么在意，觉得没必要跟风买。等房价开始飞涨，很多人都去买房子的时候，包括教授的许多同事都纷纷把学校分的房子租出去了，然后去校外买房，有些人还早早开始炒房，眼看着财富就翻倍了。这时候教授才有些动心，开始打听，也去看过好几套房子。有好几次，房子都看中了，但最终还是因为价格或家庭内部意见不统一等各种原因，就此搁浅。

2005年左右，一所著名高等院校在上海浦东建了一个大学村，在那里设立了上海研究生院，同时，校园周边顺带开发了一大片民居，当时的房价只有每平方米1万元左右。

那时，该地块周围没有工厂，因为是刚刚开发，周围比较荒凉，全部是一片片农田，自然交通也就不便利，当时甚至没有通公交车，地铁就更别提了。

教授的一个邻居就在那里买了一套房，还劝教授一定要买一套。这个邻居说："这里未来的发展空间无限，房价也会随之暴涨。即使你不住在这里，把房子放着，过5年也能翻几番，比你工作挣工资强多了。按照上海市的市政规划，康桥板块很快就会通地铁的，这附近将来还要建世博园和迪士尼乐园呢，人流和客流肯定会多起来的。"

教授听了很动心，周末还专门开车去看了一下，但看过之后，却再次犹豫了。因为他发现，这里离市区确实很远，房子虽然便宜，可周边全是农田，他也听说周边要建迪士尼乐园和世博园，但是未来谁知道呢？再说了，规划的事，真正能实现的有多少，谁也不知道。教授还托朋友打听了一下市政部门的内部消息，但也没有一个明确的说法。

几十年的生活经历让教授很清楚，有时候再宏伟的规划也不一定能实现，落实规划还要受政府财力多寡、主政官员变迁等多种因素影响。比如说，一旦主导规划的官员哪天调去别的地方了，新来的官员是否会延续上一任的规划，这就很成问题，一旦规划有变，自己几十万元的投入可能就打水漂了。想到这里，教授又开始打退堂鼓了，他认为自己反正有房子住，何必冒这个风险呢。

教授的妻子当时也在街头巷尾和网上听说过很多关于房价的言论，诸多专家和很多老百姓认为，房地产市场已经有泡沫了，而泡沫迟早会有被刺破的一天，房价必然大跌，更何况，当时的房价相比之前已经高太多了，那时候康桥板块的房子每平方米10000元出头，而往前两三年才每平方米3000元，实在涨得太快了，很不正常。因此，妻子也建议教授再观望一下，去别的地方再看看。

于是，教授夫妻俩那段时间又去周边的新楼盘看了一遍，按照他们的积蓄，贷点款买套房子没什么压力，但是这些新楼盘都有个普遍问题，那就是周边配套设施严重不足，无论是自住还是出租，都不方便。

这样一来二去，买房子的事情就拖延下来了。

接着，教授又去日本进修了两年。在进修期间，他了解了当年日本经济泡沫破裂、房价直线下跌的往事。而他的日本同事，几乎都是谈房色变，这更加坚定了教授关于国内房价已经有泡沫的观点。

但就在教授去日本的两年，国内的房价却是连创新高，很多地方的房价已经是翻了好几倍了，即便政府出台了一系列政策，也没能阻止房价一个劲儿往上蹿。眼看情势不对，教授的妻子急了，赶紧出手买了一套房子，支付了30%的首付，还去银行贷了款。

教授妻子最终下定决心买房子的原因，是她觉得之前的筒子楼实在没法住了，那一批老楼设施全都陈旧老化，不是漏水就是停电，还经常煤气不通，暖气突然变冷。周围年轻的同事全部搬出去了，老房子住进来大批外地的租客，也让教授一家生活氛围有了很大的变化。

还有一个让教授妻子下定决心买房子的原因是，之前的老楼都没有装电梯，对于老人来讲，爬楼梯非常吃力。想到他们两口子年纪越来越大，这个问题只会越来越严重，所以，就想换一套带电梯的新房。

于是，教授妻子最终咬牙买了一套周边郊区的房子。她怕丈夫不同意，交钱时都没敢告诉他。等教授回家后，发现新买的房子的房价已经上涨了不少，而且周边的道路也通了，自然也就不能说什么了。

其实，教授夫妻俩的新房负担很轻，一个月也就5000元的按揭贷款，用以前老房子的租金就可以解决大半，而且教授的工资这几年也上涨了，如果早点买房，他们的结余会更多。

但是，就在妻子规划再买一套新房的时候，教授却说："我们必须准备给儿子未来出国留学攒些费用了，余钱不能随便乱花。"另外，他始终担心房价的泡沫问题。就这样，教授一家抓住了那一轮房价大涨的尾巴，却没能充分利用那次机会。

多年以后，当身为经济学专家的老教授把自己的买房故事讲给来看他的张丽听的时候，他笑言，自己的书算是白读了。他还说，为了感谢妻子当初的果断，也为了间接承认自己的错误，他给妻子买了一辆10多万元的代步车，让她在郊区出行更方便。

"这是哄老婆的一个办法。"教授对张丽笑着说道。

# Part 16

# 教授夫人碰上信托爆雷

最近10多年，中国理财市场异常发达，互联网金融、私募基金或者信托等高收益理财产品层出不穷，很多人都把钱从银行提出来用于购买这些理财产品，并且获得了不错的收益。

行情最好时，私募基金和信托的收益基本都在15%以上，而相比之下，银行定期存款利息收益要低很多。很多时候，存款被调侃为跑不赢通货膨胀的资产。

给张丽介绍过工作的教授妻子在坐地铁时也看到过这类宣传广告，看得多了，也觉得有些道理。她心想真是这么回事，自己存在银行的50万元存款，一年下来利息也就1万多元。粗看起来这是一个不错的收益，但是与上涨的物价相比，就显得微不足道了，尤其是那几年房价每两三年就翻一番，意味着之前买一套房子的钱，两三年后就只能买半套了，这就更让她感到钱是越存越少了。

那些宣传广告还常说，你不理财，财不理你。教授的妻子虽然相信丈夫说的“房价泡沫太大，迟早会破”的说法，但是，她也觉得，不能再把钱一直放在银行里，否则，那就成傻子了。

她的一个街坊邻居，也是家庭妇女，但是人家拿了100万元去买信托，隔年就拿到了15万元的收益，是银行存款收益的5倍，真是太诱人了。

她专门去信托公司咨询了一下，负责销售工作的帅哥煞有介事地说，这个信托一般都是由国有大型企业集团发行的，专为富人，也就是所谓高净值人群设计的，因为购买的起点就是100万元，所以一般人根本就买不起。

教授妻子一听就急了，因为手里的钱远远不够，她撇撇嘴说，我想买，但手里没这么多钱，咋办呢？负责销售工作的帅哥见她快要上钩了，于是又故作同情地说道："阿姨，这个我有办法，我们可以帮您找人凑够100万元，这样就可以按规定把这个理财产品卖给您了，到时候收益下来了，你们按比例分成不就行了。"

一听事情有转机，教授妻子很是高兴，就让销售帅哥赶紧帮她凑钱。销售帅哥还真不含糊，真的就找来人凑够了100万元。教授妻子仔细看过了产品介绍书，相信了这家公司的国有属性，痛快地签了约，然后把自己的50万元打到了信托公司的账户里。

一年之后，账面上真的硬生生多出了7万元，这让教授妻子感到非常惊喜。一开始，她准备把这个好消息告诉教授，可是一想到老公生性谨慎，一般不愿尝试陌生的金融产品，她怕老公万一不让她继续投资就麻烦了。算了，先瞒着，等赚了大钱再说。

随后，教授妻子又东挪西凑了57万元再次投入信托产品中，不过这时候收益率已经降到了10%。但她觉得，收益10%也不错，那也比银行利息高很多，就算按这个收益，隔年她的账户也能涨到60多万元了，到那时候，赚到的10多万元还不让老公发狂啊，这样一来，儿子出国的学费也会更加充裕了。

不幸的是，当教授妻子正在做着发财美梦时，竟然听到这家公司爆雷的消息。而让她抓狂的是，她买的产品已经超过产品兑付期两个月了。其实，在两个月前，这家公司的客户微信群里就开始讨论该公司违约的事了，但因为教授妻子对微信不熟悉，所以没有看到这个消息，后来还是一个街坊说起这家公司违约的事，她才知道。情急之下，她第一时间打电话给那个当初帮自己办手续的销售帅哥，但电话已经打不通了，再打电话问信托公司，信托公司的人说，这个小伙子早就离职了。

教授妻子一听，脑袋嗡的一声就炸了。她心想这下完了，这几年，她从电视上看过一些互联网金融产品出事的新闻，没想到自己也成了受害者。她想与丈夫说，又不知道教授知道后会有什么反应，更严重的是，儿子留学的学费可怎么办呀？

那几天，正好教授去外地开学术会议，没在家。她思来想去，也只有像电视里那些人一样去闹，因为客户微信群里有人说，按照经验，闹得越凶，赔偿的可能性越大，不闹的人就什么也没有。

7月中旬，正值伏天，热得要命。

购买了产品的客户相约去了这家公司，公司高层和监管部门的人接待了他们，还专门召开了会议，但信托公司表示，按照信托合同和监管规定，他们无法确定兑付期限，只能尽最大努力争取早日解决相关问题。

这话说了等于没说，许多客户情绪激动起来，吵的吵，骂的骂，还有人要打砸公司，但是信托公司早已报警，现场的保安和警察与维权的人互相僵持。

闹到最后，信托公司的一位高管出面安抚大家，表示他们会出售公司资产，或者引入战略投资者来接管公司，一旦有了现金就会优先解决大家的问题。这话虽然可信度存疑，但是客户们也没有别的办法，只好在各自拿了一张承诺兑付的白条后，悻悻地离开了。

此后一个多月，教授妻子又跟着其他投资人多次去信托公司，要求兑付白条，有两次还打上了“还我血汗钱”的横幅，而信托公司有时只有职员接待，有时会有高管接待，政府官员也来现场协调，可是资金兑付依然没有实际行动。客户们高唱红歌，高喊口号，一度把信托公司大门完全堵住了，好在有警察现场维护秩序，总算没有闹出更大的风波。来往的市民纷纷驻足观看，当时教授妻子感到十分难堪，情绪十分复杂。

后来，信托公司的大楼就被查封了，公司高管该起诉的起诉，该开除的开除，新闻里又好是热闹了一阵。虽然经过政府出面协调兑付，可这家公司的剩余资产也远远不够抵偿广大客户的巨大损失。

因为投资失败，急火攻心的教授妻子大病一场。此时，教授也知道了事情的经过，为了让她好好养病，也没有过于苛责，还劝她宽心，忘了这件事。

教授妻子也决心不去想了，几十万元积蓄就当打水漂了。在那批客户中，她也见到过比她亏得更多的人，那些亏损上百万元的客户还不是一样要继续生活下去，就算真的气死了，也于事无补。

再后来，教授妻子已经能够平静地给张丽讲述自己的投资故事了，她还笑着说过，自己就是被当作韭菜割过的人，可是割过又怎样？韭菜还不是要照样生长？镰刀也不会良心发现，归根结底，投资理财时，一定要做到不贪、不怨、不妒，保持心态平和，一切小心为上。

# Part 17
# 找了个好老公

张丽留在上海工作后，觉得自己可以找一个老公了。她对自己未来老公的设想是：理工男、老实，没有那么多花花肠子，最好是事业单位搞研发的研究员，或者是大公司里做研发工作的技术男。她把人品好、有发展前途、踏实肯干看得很重，但没有刻意强调未来老公的出生地域、家庭条件、有无住房、身高长相等一些其他女孩儿可能更看重的要求。在和同事的聊天中，有些同事认为张丽的择偶条件太低了，就算张丽的个人条件不算太好，但单凭在上海有户口和稳定工作这一个条件，就足以傲视众多上海女性白领。不过，张丽听了同事们的看法后，只是笑了笑，并不反驳，她认为自己的想法是合适的。

理性分析一下，在一、二线城市里，能够满足张丽条件的优秀小伙子似乎多得不可胜数，但张丽的想法绝不是随随便便找一个，她是想和未来的伴侣比翼齐飞、共同成长。

张丽上班后没几个月的时间，个人能力和性格就得到了身边同事们的认可。学校的办公室主任，就是她的顶头上司，对她很欣赏，很热心地说要给她介绍一个他同学的儿子，这个男生在一个环境研究所上班，属于事业单位。张丽一听这个职业很满意，符合她的要求，也就答应见一下。

见面地点是在一家咖啡馆，张丽那天着意打扮了一下，她知道自己长相普通，所以要靠衣着给自己加分，这是她从晓迪那里学来的。

张丽准时到达，当她走进咖啡馆时，发现约定的位置上已经坐着一个阳光大男孩儿了，这个男孩儿身高足有一米八，尽管穿着运动服，但是因为衣服颜色是绿色的，所以显得时尚又有朝气，他的脸颊很白皙，薄薄的嘴唇，戴一副黑框眼镜，一头黑发，嘴角含有一丝笑意。

双方经过自我介绍后，张丽心想，这男孩的条件这么好怎么还需要让人介绍对象相亲呢？他会看得上我吗？这个男孩就是自己喜欢的类型，不知道能否把握住。

张丽有些小激动，她暗自告诉自己必须尽快冷静下来。然后她拿出自己的专业功底，从古希腊的《荷马史诗》、古希腊悲剧、莎士比亚，再到陀思妥耶夫斯基和托尔斯泰，甚至还聊到了《红楼梦》，收尾在北宋大诗人苏轼的“小轩窗正梳妆”。

这个大男孩儿被张丽的才华征服了，毕竟大多理工男的世界里只有数字和代码，缺少诗意和艺术。两人聊得很开心，几乎忘了时间，分别时已经是晚上十点了。大男孩儿以安全为由主动提出要送张丽回家，张丽心里暖暖的，也就没有拒绝，两人边走边聊直到张丽住的宿舍楼下，还依依不舍。临别时，大男孩儿还大着胆子主动吻了张丽一下。张丽羞涩万分，她对这种事没有任何经验，脸色涨得绯红。她知道，这段感情有戏了。

第二天，办公室主任就来传话说，他同学的儿子已经说了，很喜欢张丽，希望正式交往。张丽对这种正式答复的方式也很满意，于是郑重同意和男孩交往。此后，两人经常下班后一起看电影、逛公园，像所有情侣一样享受着恋爱的甜蜜时光。

慢慢地，张丽知道了这个男孩子其实很简单，心思也很透明。男孩的父亲是浙江沿海一个村子的村支书，文化程度不高，但很有想法。母亲是一名小学老师。

没过多久，男孩把张丽带回老家见了父母。男孩的父母对张丽很满意。随后，双方的父母在上海见面了，两家都同意孩子们半年后结婚。

直到现在，张丽对自己的婚姻都是心满意足的，有时晚上看着熟睡的老公，她觉得自己的运气真好，能够遇到他。有时，她又觉得是自己前半生修德积福换来的。总之，从婚后几年来看，她当初对婚姻的设想，基本是实现了。

张丽的老公看上去像个大男孩儿，但并不幼稚，婚后很懂得照顾家庭，心无旁骛。他自己平时还买点股票、炒点基金，而作为一个理工科大学毕业的硕士，他买股票和基金从不跟风，而是凭着自己扎实的研究，做出自己的判断。尽管他在股票和基金上赚的钱并不多，但能够打破“一赚二平七亏”的定律，多多少少有所斩获，这已经相当厉害了。

不过，正是因为有了投资股票和基金的过程，夫妻俩学会了一些投资技巧，最后，羊毛出在猪身上，真正让他们赚到钱的是投资房地产。

# Part 18
# 在大上海买了7套房

张丽和她的阳光大男孩从老家回来后不久就开始商量结婚的事宜，结婚最重要的基础当然是买房子，那时候上海的房子首付基本是20%，压力不算大。

张丽的父母打工赚了一些钱，存了大概20万元，一分不剩全部给了张丽，支持女儿、女婿在上海买房子。

张丽老公家里的经济条件更好，直接给了他们50万元，然后加上他俩的存款也有10万元左右，这样一来，除去结婚需要花的五六万元，剩下来的钱全都可以用于买房子。

张丽结婚的时候，正是上海房价刚刚涨了一轮，然后又小幅回落的时候，当时很多人觉得房价可能已经到顶了，未来还会大跌，所以，购房都很谨慎。

但因为马上要结婚，买房子的事迫在眉睫，所以张丽可不想再等时机了。那时候，上海浦东罗山一带的房子大概每平方米在1万元出头，浦东新区的建设已经如火如荼，陆家嘴也已经非常繁华了，那几个开启瓶盖的地标性建筑都已经有了。但是，上海市民中还是在流行“宁要浦西一张床，不要浦东一套房”的说法，浦西的女孩子一般是不嫁到浦东的，而浦东的男孩子想找个浦西的女孩，那也是很费劲的。

张丽工作的学校就在浦西，她当时也跟老公商量，在浦西买一套房就行了，那时浦西江湾城一带的房价大概是每平方米4万元，他们的首付款绰绰有余，所以，他们当时的想法是先买一套，剩下的钱存银行。

有一天，老公突然给她打来电话，兴奋地说：“如果买浦东的房子，我们手上的钱能买7套。”

“老公啊，买7套房子做什么？一晚住一套，需要一周才轮流住完呢。”张丽在电话那头打趣说，这时候正是他们刚刚开始共同生活，感情最好的时候，张丽已经开始发嗲了。

老公那边急了：“别闹，说正事呢，我们不应该投资吗？房价现在正合适，如果我们买7套房子，自己住一套，剩下的可以租出去，收租金。房价要是涨了，那可是一本万利的生意啊，到那时还炒什么股啊，我算过了，我们手上的钱够付这些房子的首付了。”

妈呀，这可把张丽吓了一跳，她赶紧在电话这头说道：“可是如果我们每套房都是贷款，那每月的房贷用啥还呢？”

“哎呀，租出去呀，租金加上我们的工资可以应付了。”老公说。

张丽不敢下这个决心，但也不好打消老公的积极性，只好说：“老公，如果你看好了，那就交给你去搞吧，你办事我放心。”

张丽老公看的地块，尽管当时看着比较荒凉，但是他认为这里未来房价上涨的空间比浦西大多了。张丽虽然心里还是忐忑不安，但她知道，自己老公有一点是好的，就是他不是一个浮夸的人，他是理工科出身，凡事都讲究要先做研究，比如要买房子，他就会找很多房地产投资方面的书来看，还会在网上搜索很多房地产相关的政策，尤其是通过各种渠道寻找市政规划方面的内容，他告诉张丽，买房子不看市政规划，就是瞎子摸象。而市政规划，就是藏宝图。

另外，张丽老公的一个同事当时已经在浦东买了两套房，他也建议张丽老公早点下手，还好心地邀请张丽两口子，周末到现场实地去看看。

张丽小两口周末真的去看了，他们发现这个地段离浦东核心的世纪公园不远，虽然地铁没通，但是公交通了，只不过，路上车辆和行人还比较少，周围的饭馆和零售店也不多，到处都是建筑工地。

张丽和她老公走了一圈，发现这个区域周边的各种设施正在大力建设，医院、学校、幼儿园都在配套计划内，再过5年，这里就会是浦东的核心区域之一，根本就不用担心现在的交通不便。

下定决心后，第二天两人就开始在这个地段按揭买房了。当然，也没有一下子买7套那么夸张，而是各以自己的名义买了一套，于是，他们家就有了2套房子。

但他们没有就此收手，那段时间，只要是周末，几乎每一个新开盘的楼盘都会有他俩的身影，经过各种比较和讨价还价，不到半年的时间，张丽夫妻俩又以老家父母和亲戚的名义买了5套房，最后真的凑够了7套房。

让张丽感到兴奋无比的是，3年后，他们手上房子的价格真的翻了一番。

事后回想起来，张丽对于投资房产，有了一些自己的心得体会。她总结了几个要点：

一是有些房子虽然离市中心远一点，但周围交通方便、有地铁站，再加上开发商品牌知名度高、口碑好，房子就会相对抢手。

二是房子周围的配套设施很重要，比如有医院和学校存在，有大型商业街或超市，房产价值一定可以加分。

三是要了解市政规划，最好找来市政规划图仔细研究，因为买房子就是买未来，研究好这些规划，大致就能估计房产升值的程度。

四是要正确理解好地段，好地段背后隐含的其实就是流动性和保值性，好地段就是房地产的隐含价值。

如今，张丽手里的几套房子很受青睐，每月租金收入就有好几万元。按她老公的说法，他们前几年算是踩准时代的步点了。

# Part 19

# 房地产行业泡沫会破吗

2016年底的中央经济工作会议首次提出“房住不炒”的概念。2017年，党的十九大报告中再次强调“房子是用来住的，不是用来炒的”。此后，各级政府陆续出台制度，遏制房价非理性上涨。张丽平时跟同事、同学、朋友聊天，都觉得房价上涨的空间不大了，政府也连续出台了遏制房价的措施，“房住不炒”已经成为政府正式的施政措施，在这种情况下再去炒房风险太大。

尽管有少数城市房地产价格还在上涨，可监管政策却是越来越严厉了，张丽身边的朋友中还在进行炒房的人也越来越少了。在投资圈，关于房地产泡沫的说法也越来越多。

稍微关注一下财经新闻，就会发现一个很常见的词汇——泡沫，比如房价泡沫、股价泡沫等。听到“泡沫”这个词，就知道这是很脆弱、很容易破灭的，破灭的投资泡沫就意味着此前的投资都可能打了水漂，这的确是让人很害怕的。

张丽夫妻俩有点紧张，决定去听听那位教授的看法。其实这也是他们多年的老习惯了，尽管已经结婚多年，张丽还是很感激当年教授帮她介绍工作的事，经常会每隔两三个月，找个周末带上礼物，去教授那里坐坐，顺便帮教授一家做做饭，打扫一下卫生，也一起聊聊天。

教授认识很多业界大咖，包括好几位声名显赫的经济学家，他们十几年前就说房价有泡沫，要破灭，希望大家不要买房。不过，让人有些尴尬的是，但凡听了这些经济学家的话，如果都没去买房，可能会成为过去20年投资最失败的人。

可以这样说，凡是前些年搭上房地产发展便车的人，要么实现财富自由，要么自己拥有一套房子，这也意味着，在一线城市的资产至少在500万元以上。而没有搭上这趟便车的人，即使你的工资很高，现在想要在一线城市买套房子也并非易事。

人们都在说，中国的房地产有泡沫，会破裂，那到底什么时候破裂？这房子还能不能做投资呢？

当张丽把这个困惑抛给教授时，教授说，他最近也一直在思考这个问题。坦率地讲，判断资产价格的涨跌是很困难的，因为资产价格和气候一样，受太多因素影响了，而且这些影响因素随时变化，所以很难判断。

不过教授还是告诫张丽，房子真的再不能炒了。以前房价高，是因为有特殊的时空环境，毕竟房地产是经济发展的重要力量，如果整个房地产产业过度下跌，和房地产相关的产业链，包括基建、机械、水泥、钢铁、煤炭、装修材料、玻璃、家具、家电、汽车等行业，都会受到影响，可谓牵一发而动全身。如今，随着经济发展有了新的增长点，比如新能源、新材料、高端制造、服务业等，此时饱受老百姓批评的房地产，其重要性在逐步下降。

教授还说，以前他反对买房，是对泡沫概念的认识有错误，泡沫其实是很难真正刺破的，因为这个泡沫的利益太大了，一旦破裂，就会引发各种连锁反应。加上国家还处在城镇化进程中，许多人要进城买房，所以房地产的需求还是有的，只不过这个需求已逐步进入尾声了。

张丽感觉到，教授对于房地产的认知和判断，相比以往发生了很大的变化，变得更加理性和务实。

# Part 20

# 老教授的反思

教授也在反思自己，为什么过去那么多经济学家，包括自己都看错了房地产市场的发展规律，误导了一些相信专家的人错过了这一轮财富大分配的机会。

他认为，中国房地产这个泡沫已经膨胀了10多年，似乎越来越坚挺，此前认为房价有泡沫的人也改变了主意，认为中国的房价很健康，不用担心。

其实，泡沫是现代经济的常态，几乎要伴随我们一生。即使泡沫终究破灭，但也不是因为注定凋谢，所以就不值得拥有花期。

教授强调，泡沫是一个过程，而不是结果。悲观者不一定正确，但乐观者往往成功，这就是最近20多年中国房地产市场发展历程的最基本逻辑。

最成功的投资者，当然是能够预测到泡沫即将破灭的时点，并提前逃脱的人。就像炒股的人，如果能预测到一轮行情的低点和高点，精确踏准入场和离场点，无疑可以称之为股神。但事实上，99%的人都不可能做到这一点。但普通人完全可以做到，不要错过一生中两到三次的财富机会，一旦成为旁观者，可能一辈子都是在为了生活疲于奔命。

通常来说，泡沫有成长期、爆炸期和成熟期，最后是破灭期。对于绝大多数人来说，泡沫的破灭，危机的来临，是残酷且难以预料的，注定大部分人躲不过。泡沫之所以能够长期存在，就是因为监管部门会采取一切手段，动用一切资源来避免泡沫的破裂和危机的发生。在这个过程中，如果一味看空市场，看空资产价格，其实也是另一种风险，即可能与巨大财富失之交臂的风险。

教授说："随着以互联网为主体的高新技术发展浪潮不断演进，制造业的成本不断大幅下行，全球物品总体上处在供给过剩局面，这样，即使各国央行不断'放水'，还是很难有通胀局面的发生。所以，现在各国央行都在增大货币供应，可以预见，本轮泡沫的周期可能比我们预想的要长很多。"

展望未来，刺破泡沫的可能不是过去因通胀带来的货币收紧，而是泡沫过度膨胀带来的冲突、动荡，甚至是战争。

教授解释说："在现代信用货币时代，发行多少货币完全是由政府说了算，而货币发行权决定着第一财富操控力，在这种情况下，基础货币的发行权由央行控制，属于政府；而大多数的广义货币存款都是由商业银行创造的。"

在当下的中国，最赚钱的行业是银行和券商基金等金融机构，比如上市银行和整个金融业的利润，几乎占据了整个上市公司的六成。中国在世界500强企业的前几名，几乎清一色的是国有银行。

所以实体经济利润越来越薄，金融产业利润却越来越厚，这种背离的结果明显就是——泡沫越来越大。货币金融行业，在产业周期的后期，就是依靠泡沫赚钱的。如果没有泡沫，就不会有金融资本与产业资本之间的利润差，这是由泡沫的定义决定的。

“那么，价值规律在泡沫经济面前失去作用了吗？”张丽对经济学原理搞不清楚，只能问一些浅显的问题。

“当然不是！”

教授进一步解释说：“每一次金融危机，泡沫的破裂都是这些规律的体现，但是真正实现这些规律是需要时间和过程的。这个过程其实就是财富大分配的关键环节，一个人要实现财富梦想，就必须抓住这些环节，而不是去研究泡沫到底有多大。

“所以，理解经济泡沫从生到死的机理，就像观察一朵花从含苞欲放到随风凋谢的过程，只有参透机理，才能掌握财富积累的真正规律。

“尤其是在资产市场，大家的心理都是买涨不买跌，价格越高，市盈率越高的资产越受到资金青睐，这就会进一步推高泡沫。这种投资心理就是所谓的傻子定律，投资者A持有泡沫资产（如纸币或市盈率极高的股票），是因为相信会有无数个投资者B可以接盘，只要自己不是最后一个傻子，投资者就确信自己可以赚钱。这个信念是资产具有泡沫而又不会轻易消融的主要原因。一旦这个信念坍塌，那么经济泡沫也就崩溃了。

“现代经济社会，货币就是泡沫的基础，货币本身就是泡沫，现在的货币是央行背书的数字，是虚拟的东西，发行货币只是央行和商业银行在电脑上多敲几个零而已，不再需要真实的黄金和白银做基础的价值储备。

“因为货币是由政府背书的，所以政府的能力是否强大，也就决定了货币泡沫能维持多久。发达的经济体，因为其强大的经济、政治、军事地位，拥有相对完善的全球金融交易和清算系统，货币也相对坚挺。但是其他一些国家，由于自身经济发展水平较差，政府的货币政策又放水太多，所以，泡沫更大，破裂得也更频繁，破坏性也更强。

“金融泡沫的产生，往往与杠杆或债务大爆炸有关。杠杆快速扩张，带来资产价格的膨胀，资产价格的膨胀同时又助推了杠杆进一步扩张。这个强大的正反馈过程引发了债务泡沫大爆炸，直到在某种偶然或必然的外生冲击下，比如货币政策突然收紧、发生大疫情或战争等，杠杆就会爆仓，债务就会连环违约，银行也会被挤兑，这样，可怕的流动性黑洞就出现了，也就是泡沫破灭了，大崩溃开始了。”

张丽夫妻俩听得入迷，他们不由得佩服，教授确实厉害，分析起来头头是道。

“为什么现在的泡沫周期跟过去的相比，时间越来越长呢？”张丽的老公好奇地问道，“比如美国自次贷泡沫破灭以来，已经历时十几年之久，中间也曾经有过几次崩塌，却总能神奇地起死回生、迅速修复。以前的泡沫也就两三年就过去了，比如17世纪荷兰的郁金香泡沫、18世纪法国的密西西比泡沫等，包括中国1948年国民党政府时期的金圆券危机也就几年时间就过去了，但现在的美国经济泡沫已经超过十几年了。就算发生了新冠肺炎疫情，也没有刺破美国股市的泡沫，反而让这两个泡沫越来越坚挺。”

教授没有正面回答张丽老公的问题。只是说：“普通投资者必须学会享受泡沫、驾驭泡沫，并与泡沫共舞。能够让投资者乐观的是，21世纪以来，信息化技术的发展和智能化技术的革命，正在导致生产力迅速提高，全球资本不断涌入其中，也在不断地支撑着泡沫的存续，特别是一些独角兽企业，正在不断地推动着前沿科技向着未知的领域进发。我们必须认识到泡沫的生成、膨胀、持续和崩溃的内在机理，才能抓住泡沫的盛宴，并最大可能地躲避泡沫崩塌时带来的灾难。普通投资者的任务，就是在泡沫崩溃之前提前逃出来。可惜，这样的人实在太少了。”

说着说着，教授似乎是困意来袭，几乎是在喃喃自语。

看看天色已晚，张丽夫妻俩赶紧起身告辞。

# Part 21
# 下一个投资目标在哪里

第二天，意犹未尽的教授把自己对于投资的观点又重新整理了一下，决定和自己的学生谈一谈资本市场。教授郑重地说："下一个投资目标要重点关注资本市场。"

教授说："无论是投资公募基金还是投资私募基金，背后的最大市场还是股市，股市是定价核心，那么对于投资者的投资收益来说，资本市场未来的走向是最关键的。"

对于A股市场，负面评价较多，比如监管不成熟、政府控制太死、很多公司上市就是为了圈钱、投机风气太浓、机构投资者散户化等。其中，更要命的是上市公司财务造假成本太低，市场陷阱太多，严重侵害了投资者的利益。纵观三十多年的资本发展情况，一个比较显著的特征是牛短熊长，这也是很多股民的基本评价。但教授却说："不论大家的评价是否中肯，这一点却是不准确的，因为如果拉长时间周期来看，A股市场并非牛短熊长，恰恰相反，而是牛长熊短。"

根据相关统计，从1996年到2015年的这段时间里，指数波动很有特点，平均20个月的时间里指数持续上涨，平均25个月的时间里股指持续震荡，平均9个月的时间里股指持续下跌。而且，每次上涨的平均涨幅达209%，而每次下跌的平均跌幅只有46%。按照极端的设想，即便你在每轮牛市最高点，以相同金额买入所有交易股票持有，你得到的收益率也会远超所有其他投资产品。如在2007年上证指数6124点买入持有到2015年10月，收益率可达到81%。

不过，一个尴尬的现实是，投资者普遍亏损严重，原因是绝大多数投资者交易太过频繁，散户持股市值只占自由流通市值的45.5%、流通市值的23%。但散户的交易量却占到全市场交易量的85%左右。交易越频繁，收益越不容易锁定，投资收益很大部分被证券公司割了韭菜。只要不是频繁交易，而是长期持有，A股市场的大多数公司会给投资者带来不错的回报。

从发展趋势来看，投资股市其实还是很有前途的。中国经济未来的大趋势是：人口红利减少，老龄化加速，经济阶段性下行，产能过剩严重，传统产业的平均利润率大幅下降，产业升级和并购重组成为必然选择。同时，随着消费升级，新兴产业发展将成为中国经济新的增长点。而新兴产业中的企业，如高科技企业、互联网应用公司等，在创业、成长和成熟的不同阶段，都需要在资本市场融资。

在资本市场里，各种股票鱼龙混杂，真正具有长期投资价值的并不多，要想找出这些有潜力的股票很简单，主要就是抓住一点，即这个东西是不是很稀缺。

教授分析说："未来是一个资本和产品过剩的时代，什么东西不容易买到呢？那只能是核心技术。中国过去几年在一些领域被美国卡脖子，最要害的就是缺乏一些核心技术，如果核心技术发展不起来，经济发展就会是无源之水、无本之木，所以，政府和社会必须投入最大的力量去发展核心技术。掌握核心技术的公司，一旦上市，股价很容易上涨，投资者可以分享公司发展红利。”

另外，科创板推出后，给市场注入了新的活力，也给投资者提供了“买自己买不到的东西”的路径。而且，随着资本市场开放度的提高，国内投资者的投资选择余地也在不断扩大，如沪港通、深港通、沪伦通等已经开通，可以选择的科技类优秀企业数量大大增加。此外，QDII也是实现“买自己买不到的东西”的间接渠道。

教授最后总结说：“股票投资总的来讲是一个比较好的投资手段。只不过股市中的散户一般很难经得起价格的大起大落，大部分人受盘面波动影响，很难抓住牛股。因此，这部分散户投资者可以购买基金，交给基金经理去打理，让专业的人去做专业的事情。”

# Part 22

## 股票投资遭遇亏损

张瑶毕业后就回到成都，进入一家外资企业做人事工作。成都女孩做人事工作那是绝配，虽说人事工作不仅需要摆平上上下下的关系，还要给老板提供决策参考，要求很高，但张瑶情商极高，工作起来很轻松，再加上她形象好，公司里的人都给她面子，所以领导很满意，没几年就坐上了主管的位置。

做了主管后的张瑶还招了两个跟她年龄一般大的男孩子，这两个男孩子主要就是给她跑腿的，完全听从她的安排，这样她作为主管也就省心了。

当时恰值2014年，正好赶上那轮牛市，张瑶周围的朋友、同学和同事都在炒股，大家都说赚钱了，那时候她也有一定的积蓄，加上父母给她的钱大概有100万元，正准备全款买套房子，而且房子都已经看好了，本来打算尽快就去付款买房。

但是，当时的股市行情很是让她心动，毕竟自己看上的股票在天天上涨，同时，手里又有现成的票子，很难不让人想着进股市赚一笔。那时候，大盘指数已经连续上涨了一截，有不少人都说股价涨得太快，有泡沫，监管要出手干预了；但也有很多人说，牛市才刚刚起步，高点应该在10000点。

张瑶此前也买过股票，但是亏得很惨，最后全部割肉清仓了，从此不敢再碰股票，此时已经连股票账户的密码都忘了。打破她最后一道心理防线的是一个同事的股票盈利状况，这个同事一直在坚持买股票，有一天他打开股票软件时，无意中被张瑶看到了其持有股票的盈利状况。张瑶看到他的股票账户里的几只股票，半年时间，盈利达到了50%以上。

深受触动的张瑶心想，房子可以延迟几个月买呀，如果在股市里赚了钱，不是可以买套更大的房子吗？于是她马上跑到证券公司重置了股票账户的密码，还让闺密帮她出主意买了一只股票。刚开始，张瑶只投入了20万元，第二天就有3%的上涨，此后连续几天盈利都很可观。紧接着，张瑶又投入了20万元，那时候绝大多数股票都涨了，张瑶也是买哪只股票，哪只就涨，她一时高兴得不亦乐乎，也渐渐失去了警惕，先后总共投入了70万元本金。

此后的故事大家都知道的，股市扭头大跌后，有跳楼的、有喝药的，张瑶尽管没有自杀的念头，但也连续几天都没去上班，整个人都萎靡不振。等她最后斩仓出来时，账户上只剩下了50万元，经此一役，她下定决心洗手不干了，把账户彻底注销了。

房子没买成，亏损又这么大，对于任何人来讲，心理上的打击都是挺大的。此后，张瑶再投资的时候，都会详细研究产品，把控制风险放在第一位，相比以前小心谨慎多了。

更加重要的是，张瑶知道了时间的价值，她会留存足够日常生活和应对不可预测事件的钱，然后再瞄准几个好的理财产品买入，长期持有，直至达到预期目标。她清楚地记得，当初卖掉手里的股票后没过多久，股市又开始反弹了，她卖掉的那几只股票后来不仅回到了原来的价格，而且部分股票价格都翻番了。

这个教训，张瑶始终记得。

# Part 23
# 尝到余额宝的甜头

生活又渐渐恢复了平静，张瑶再次把主要精力投入工作中。一个偶然的机会，她从电视上看到了余额宝这个产品，宣传片说，这是中国富商马云的公司推出的，跟活期存款一样，非常方便，随时存取，但是收益远远超过银行存款，有时甚至高于定期存款。

张瑶知道，银行定期存款和活期存款的收益都是很低的，活期存款的收益更是低得让人怀疑人生，而定期存款的收益虽说比活期存款高一些，但缺点也很明显，就是不能自由提取。

为了吸取上次投资的深刻教训，她又上网搜索研究，还找其他同事打听了一下，结果发现人家已经用了好久余额宝了，每天都能看到当天的收益。于是，她也赶紧下载了一个App，转了10万元进去。那时正值2013年下半年。

张瑶当时的收入在成都算是不错的，一个月净收入有1万元左右，因为家里有房，车子也早买了，所以她的财务规划里没有买房买车这类开支，工资发下来后就都交给妈妈去存银行里了。

刚开始，她也没想过再去理财，反正吃喝不愁，但是余额宝还是让她感受到了理财产品与银行存款之间的差异。

2013年末至2014年初，余额宝的年化收益率基本保持在6%以上。6%是什么概念呢？当时的银行定期存款利率也就是2.7%左右，而余额宝又可以随时提取，其灵活度相当于活期存款，但是活期存款的利率只有百分之零点几，两个相对比，差距太吓人了。

什么叫年化收益率？简单来说，就是把当前收益率（日收益率、周收益率、月收益率）换算成年收益率来计算的，是一种理论收益率，并不是真正已取得的收益率。例如，日利率是万分之一，则年化收益率是3.65%（一年计365天）。再如，月利率是1%，那么年化收益率就是12%。

张瑶知道，经过上次股市大亏后，要是再说投资理财的事儿，妈妈肯定不会答应，因为她听到的关于理财被骗的事情太多了，她就相信银行。张瑶知道无法说服妈妈，但又很想试试余额宝，就从妈妈那里把自己的银行卡偷拿了出来，转了10万元进去，想先试一试。第一年的收益就有将近1万元，等于是多拿了一个月的工资，这让张瑶很高兴。

余额宝也很有意思，每天都能让客户看见账户上的数字在变化。张瑶跟朋友讲，虽然每天都知道自己年龄长了一天，但是每天看到账户多了几十元，竟然还缓解了对变老的恐慌。看着每天多出来的钱，她时不时请闺密出去小撮一顿，这让她很有幸福感。

其实，余额宝相当于支付宝给个人投资者开了一个账户，把他们的钱放在余额宝账户里，然后把钱交给货币基金去做投资，当时余额宝对接的是天弘增利宝货币基金，该货币基金合同于2013年5月29日生效。

余额宝最开始的收益并不高，这是因为货币基金刚刚成立时，会有短时间受到仓位影响，导致收益不正常，当时的7日年化收益率仅在3%

左右。

货币基金是专门投向风险小的货币市场的工具，一般期限在1年以内，平均期限120天，如国债、央行票据、商业票据、银行定期存单、政府短期债券、企业债券（信用等级较高）、同业存款等短期有价证券。所以区别于其他类型的开放式基金，具有高安全性、高流动性、稳定收益性，具有“准储蓄”的特征。

上述这些货币基金投资的范围都是一些安全系数高和收益稳定的品种，所以对于很多希望回避证券市场风险的企业和个人来说，货币基金是一个天然的避风港，通常情况下能获得高于银行存款利息的收益，但货币基金并不保障本金的安全。

不过，由于货币基金在现实中极少发生本金的亏损，一般来说，货币基金被看作现金等价物。

运作一段时间后，张瑶的余额宝的收益逐步上升，2014年1月2日，余额宝7日年化收益率达到最高水平6.7630%，创造了收益“神话”。此后，收益率开始下跌，但即使到了最低的2%以下，也比活期存款高得多。所以，张瑶一直在余额宝中留有十几万元。

# Part 24

# 大龄剩女

张瑶在上学的时候有一个特点，就是不怎么合群。比如，晚上熄灯后，其他几个舍友都会聊聊天，她绝不会。别人聊天还会影响她的休息，但她也不说，她是那种学习生活都很有自己一套的人，尽量不和其他人掺和。

她上高中时学习很自觉，在学校里是个好学生，在家里也是个乖乖女，后来没怎么费力就考上了北方的一所985大学。父母不希望她离家太远，希望张瑶重新考，但是张瑶就想看看外面的世界，坚决坐上了北上的列车。

离开老家后张瑶发现，外面的世界真的不一样，但也不是特别精彩。

其他不说，她觉得专业就选错了，那几年比较热门的是法律、金融和计算机等专业，她却报了中文专业，有点不食人间烟火的感觉。学校里学的东西，对于她而言意义也不大，很多都是小时候读过的东西，老师讲文学史时，都很少讲具体作品，这更让她觉得专业课没啥用，听课就是浪费时间。所以，大多数时间她就去听经济学和金融学的课程，觉得可能将来能用得上。

张瑶上学时有一点轻微的洁癖，自己的床，永远首选上铺，宿舍里的卫生她也愿意主动打扫，有时，哪怕其他舍友打扫过了，她还嫌不干净，非要自己亲手再来一遍才放心。

这种性格让她在大学期间没有走得特别近的同学，仅仅是跟晓迪聊得多一些，有时她们会用方言聊天，别人也听不太懂。

大四以后，大家分头实习找工作，还有人准备考研，都忙得不亦乐乎，等最后一个月要毕业了，大家才逐渐相聚多起来。同宿舍的刘琳曾经在一次聚餐后直言不讳地说："张瑶，你从心底里自视甚高，这一点如果不改变的话，你未来会遇到很多麻烦。"

张瑶其实非常认可刘琳的说法，但她不觉得自己会为此遇到什么麻烦，她觉得，自己好好工作，做好自己的事情，不掺和别人的事情，怎么会有太多麻烦呢？

张瑶回到家乡找了一份适合自己的工作，没心没肺地玩了几年后，她发现同龄的朋友一个个都结婚了，周末想约个朋友去逛街都变得困难了。

此前，张瑶也有几个很要好的闺密，她们经常在闲暇时聚在一起玩乐，但现在，几个闺密先后有了对象，有的还很快结婚生子了。她们的微信朋友圈里，每天晒老公、晒孩子、"撒狗粮"，生活看上去很幸福，张瑶这才发现，朋友圈里只有自己形单影只。

张瑶一度并不在意，照样白天上班，晚上看一会儿电视就睡觉，周末要么逛街，要么去郊外看看，恍恍惚惚的日子就这么不紧不慢地往前过，她也没觉着什么。她并没意识到，时间一晃自己已经三十大几岁了。

直到有一天，老爸突然找她谈话，她才意识到，有点不对劲儿了。那天下午，还在上班的张瑶接到了爸爸打来的电话，爸爸严肃地说："瑶瑶，晚上来找我一下，我跟你妈妈有话对你说。”

她预感到，父母可能要对她的婚姻施加压力了。

当天晚上，一向嬉笑轻松的爸爸严肃地说：“瑶瑶，你的婚姻问题的确要重视一下了，以前我跟你妈都是希望你自己自由恋爱，现在看来不催一下是不行了。如果没有压力，看你这样子是不是想打光棍啊，我很快都要退休了，退休的时候希望抱上外孙子，这个要求不过分吧？”

妈妈也在旁边帮腔，你看谁家那谁谁，年龄比你还小10岁，都已经有了孩子了，人家过得很好，老公也不错。我们对你要求不高，没有不找外地人的限制，只要小伙子踏实，对你好，有能力养家就行了。你也不能太挑剔了，现在已经不是挑剔的时候了。

张瑶马上怼回去：“没有挑剔啊，我也在认真相亲啊！”

此时，张瑶也感到一种孤独感压迫过来，转眼自己都37岁了，而且她并不是独身主义者，也很喜欢孩子，她理想的生活也是相夫教子。但是命运就是如此无常，让她找个老公这么难。

与父亲正式谈话之后，张瑶从此走上了旷日持久的相亲之路。相亲对象主要是亲戚和父母介绍的，由于她自身条件不错，介绍的条件也比较匹配，大多是本地人，就算是外地人，也都是家庭条件比较好的。

见了一拨又一拨，有好几个男的给张瑶的观感还是不错的，但是她始终没有心动的感觉，就是不来电，要么是没有面缘，要么是没有共同话题。

几个月下来，张瑶一家都被搞得身心俱疲，父母一看这情况，也不好再多说啥，毕竟女儿大了。

“有些话不能说得太重。”张瑶的奶奶也在提醒。

张瑶也很苦恼，怀疑自己是不是要求太高了。她有时还赌气地想，索性一个人过算了。

直到有一天，单位同事给她介绍了一个叫李磊的男人，终于打破了张瑶的相亲僵局。从照片上看，李磊显得年轻，但其实他已经42岁了，比张瑶大5岁，男的年龄大一些倒没什么，但让张瑶犯嘀咕的是，李磊是离过一次婚的，不过同事说李磊很优秀，不然不会介绍给她。这也让张瑶有点好奇。

其实在前面的相亲中，张瑶发现自己对年龄偏大的男人会上心很多，与年龄偏大的男人聊起来好像也容易找到话题。可惜当时爸妈都不太同意自己找年龄大的，但是现在父母的心态已发生很大变化，对于她的婚事基本抱着放任自流的态度。张瑶决定，先加微信聊一聊。

张瑶看到李磊的微信头像是个K线图，不过这个K线却是向下走的，她饶有兴致地问道："你投资股票？"

"嗯！"

"为什么K线是向下的？"

"提醒自己：股市有风险，入市需谨慎！"

"哈哈，有意思。亏得多吗？"

"不亏。"

"为什么？"

"因为我们是团队作战。"

"那我把我的钱交给你投资呗，可以吗？"

她当然是开玩笑的，两个人素昧平生，不可能轻易把钱交给他。不过，李磊的回答让人颇感意外，他说："不行。"

“为什么？”

“不能接受朋友的钱。”

“为什么？”

“万一亏了呢？”

“你不是说不会亏吗？”

“朋友的钱容易亏。”

耍滑头，张瑶想。

于是，张瑶说起了她的股票投资血泪史。

李磊说：“很正常啊，你算亏得少的，刚开始投资都会亏一些的。”

“为啥？”

“你们新手不当韭菜，老手吃什么？”

张瑶回了一个白眼儿的表情。

李磊发过来一个偷笑的表情，然后说：“的确是这样的，投资是有一定门槛的，哪怕你托人理财，代你投资，也是需要眼光的，须知千里马常有，伯乐不常有啊！”

他接着说：“投资总的来讲还是一个零和博弈，大多数情况是你的钱装到我的口袋里，或者我的钱装到你的口袋里，其实就是人与人之间的博弈。你一旦跟人博弈，就是比较人跟人的能力差别，所以最终你赚到的钱，都是你能力的反映。”

张瑶告诉李磊，她股票账户都注销了，后来买了余额宝，总算赚了点钱，但最近余额宝收益率实在太低了，大家又说还是该买股票，不过她曾被股票坑惨了，心有余悸，现在不知道该怎么办了。

李磊提议：见面聊吧！

他先询问张瑶去哪里更方便，但并不等张瑶回答，就自顾自地订了一个咖啡厅见面。巧合的是，李磊订的咖啡厅张瑶经常去。周末，咖啡厅的人也不多，张瑶随意坐了一个地方，发现周围很多都是准备相亲的人。

没过多久，门口进来一个男士，径直走到张瑶面前，说自己就是李磊。李磊看起来有点紧张，坐下后，赶紧起身要去买咖啡。张瑶把自己手里的咖啡一抬，说："买你自己的吧，我的已经有了。"李磊脸一红，忙不迭地去了吧台。

看到他慌乱的背影，张瑶笑了笑，她发现李磊的个头不是很高，大概也就172厘米，如果她穿个高跟鞋，都要比他高了。张瑶心想，这要是在去年，早就PASS（淘汰）掉了，唉，谁让自己挑到现在呢？男人重在内涵，她安慰自己。

一会儿，李磊端着咖啡回来了，坐在张瑶对面，很明显情绪稳定多了。

"让你久等了。"

"没关系，时间不长，刚刷了一下朋友圈。"

"你单位就在附近？"

"是啊。"

"我单位也在附近呢，这么巧，哪个楼啊？"

"彭越大厦。"

"我也在这个楼啊，哪一层？"

"8层。"

"那不是有名的嘉利基金公司吗？"

"是啊！"

"你在基金公司上班？"

“是啊！”

“你没说啊！”

“你也没问啊！”

“哈哈哈……是，你在基金公司做什么？”

“基金经理。”

哦，张瑶心里一惊，今天竟然见到活的基金经理了，平时在网上看到新闻说，这个职业赚钱多，压力大。

“没想到距离这么近。”

“是啊！天涯若比邻，有缘。”

李磊这么一说，把张瑶逗笑了，网络真神奇，如果没有网络，他们可能一辈子也见不到，见了也彼此视为无物。

“听说你们基金经理平时压力很大，你怎么样？”

“习惯就好了，刚开始压力比较大，每天看净值，时间长了，脸皮也厚了，反正担心也没用，也就没什么了。”

“问你一个问题，像我这样的小白，如果投资基金，应该投资哪个基金？我也想发点财呢！”

张瑶心想，他们这种经人介绍的单身男女在一起，大家是要奔着结婚去的，一定要有共同话题才行。她现在的确也想多学习一些理财知识，但就怕聊得多了，人家怀疑她是借谈恋爱之名来免费学习呢。

于是，她直接说起了她的顾虑，没想到，李磊哈哈一笑说：“没关系啊，我也愿意跟你讲，能在美女面前卖弄一下，多好的机会啊！”

“这看来还是我吃亏了，那你得请我吃饭。”张瑶仰头撒了个娇。

李磊爽快地答应：“没问题！”

就这样，两人正式开始了约会。此后，他们每次约会都在谈论关于投资的话题，而张瑶也在李磊的指导下，开始了自己新的投资生涯。

从2020年第四季度到2021年第一季度，基金太火了，火到什么程度，很多上班族上下班讨论的主要话题都是有关基金方面的，张瑶办公室里的几个同事都买了基金，有的人运气不错，盈利可观，时不时请大家吃饭。

在张瑶居住的小区里，吃完晚饭去遛弯，连大爷大妈也在聊关于基金方面的话题，张口就能聊起白酒、新能源、医疗、科技类的基金，还说得头头是道。“买基金才是靠谱的，买什么股票呢，我家妹子的儿子就在什么基金公司做领导，他们的基金可赚钱了。”一位大爷摇着蒲扇说。

李磊和这些人想得不一样，他说：“根本问题是，买股票就是投资一家上市公司，你的投资收益来源于两部分，一部分是分红，另一部分是价格波动的收益。

“分红主要看业绩，但是中国的上市公司大多是铁公鸡，很少分红，收益主要来源于股价波动。基金经理则是把投资者给他们的钱聚拢起来，用于购买许多上市公司的股票，收益也来源于两部分，分红和股价波动。”

李磊提醒张瑶说：“除非你的投资能力超过基金经理，否则你就买基金吧，当然还有一个问题，买基金是有额外的申购和赎回费用的。”

李磊还说道：“买股票，有一个择时和择股的问题，买什么、什么时候买、买多少，什么时候卖、卖多少，这些问题都需要自己来考虑，买基金，尽管也有申购、赎回的问题，但基本是长期持有的，所以波动没有股票那么大。

“基金由于购买了大量股票，资金实力雄厚，对于单只股票的股价有一定的话语权，而持有大量股票也具有分散风险的作用，没有单只股票的波动那么大。

“在股票市场上做投资，对专业能力要求非常高，必须具备基本的金融专业知识以及宏观经济的分析能力，并且对产业发展和公司财务也具有一定基础知识，对于大多数非专业的普通投资者而言，这几乎是不可能达到的。

“更为重要的是，投资股票需要花费相当大的精力和时间，并且要不断地学习新的监管政策和关注市场变化，不仅要学国内的，还要学国外的，这也不是一个业余投资者所能达到的境界。

“基金经理在投资股票时，往往是一个团队在作战，整个公司有专业的调研团队，他们有专业的人士研究市场、行业、公司、宏观经济和政府政策等各方面的变化，还有庞大的信息网络处理能力。

“而且，现在的投资机构基本都是采用量化投资策略，一般都是机器程序在买卖股票，一旦有风吹草动，这些机器就能以尽快的速度买卖股票，普通人的手动操作根本不是对手。所以，购买基金，事实上是购买了专业的服务能力，这个专业服务能力是普通人不可能有的。”

李磊为了让张瑶明白，首先从基金分类讲起，他说：“一定要大概知道几个主要类型的基金，如股票型基金、债券型基金、货币型基金和混合型基金。

“股票型基金一般指基金资产80%以上投资于股票的基金。因为这类基金投资股票的比例很高，所以在所有基金类型中风险也最高，但长期收益也最高。”

这一点张瑶听明白了，但是经常会看到很多股票型基金的名称中带有

“价值”“成长”“平衡”，这些词有什么含义呢？

李磊清了清嗓子，说：“这些词代表基金投资的股票性质不一样。简单来说，业内人士会将那些价格被低估的股票叫作价值股，将那些发展前景好、利润增长迅速的股票称为成长股。如果基金经理专注于价值股投资，他管理的基金就是价值型股票基金，而基金经理专注于成长股投资，其管理的就是成长型股票基金。至于平衡型股票基金，就是指一部分投资价值股、一部分投资成长股的基金。由于投资股票的性质不一样，所以风险也不同。按照风险程度由低到高来说，价值型股票基金的风险最低，平衡型股票基金的风险居中，而成长型股票基金的风险最高，但后者的长期收益也是最高的。

“所以在选择的时候，这些都是可以从基金成立时自带的名称看出来风险高低的。

“除了按照股票的性质来划分，还有按照行业和主题来划分的股票型基金，如消费行业基金、互联网行业基金、低碳环保主题基金等。也有根据股票的规模进行分类的，如大盘基金、中小盘基金等。”

李磊看着张瑶迷茫的表情，笑着说：“我还是深入讲解一下公募基金的各种类别吧，这有助于你甄别基金产品，为自己的投资做参考。”

# Part 25
# 股票型基金买卖技巧

为了让张瑶对基金了解得更多一些，让以后的投资更为稳妥和安全，李磊细心地对相关基金知识进行了细致讲解：

“股票型基金最明显的特点就是波动大。我们都知道股票型基金具有高风险和高收益的双重特性，但同时它的高仓位也是一把‘双刃剑’。股票型基金的仓位除了建仓期，无论如何减仓，其所持仓的股票仓位都不能低于80%。也就是说，债券和现金的仓位不能超过20%，这就让股票型基金在牛市过程当中具有了独特的优势。

“如果股市大盘上涨，基金赚钱就越多。但反过来，如果在熊市下跌过程中想减仓，但由于股票仓位降到80%也就不能再减了，所以，一旦出现股市暴跌的情况，股票型基金也只能干着急，看着手里的股票价格下跌却不能卖出。

“所以，对于普通人来说，要不要投资股票型基金，取决于个人的风险偏好。如果你是一个激进型的投资者，为了获取比较高的收益，愿意承受比较大的风险，在账户波动大于20%的情况下，依然愿意长期持有的，那么股票型基金就是一个比较匹配的投资选择。”

听了李磊的讲解，张瑶想到这段时间自己恶补的投资知识，反驳说：“在风险高的股票基金中，也有风险控制相对较好的，同样可以获得较高收益，那这种股票型基金怎么找？”

李磊吃惊地看着张瑶，只好继续说道：“好吧，那我就直接告诉你吧，首先要看基金成立的时间，要求至少是3年以上，成立时间太短的基金，历史业绩参考性不强，未来怎么样也无法判断；其次要看基金规模，基金规模太大会影响收益的提高，基金规模太小，又存在清盘的可能。”

李磊怕张瑶不明白，仔细解释道：“先说规模太大的影响，在一定意义上，规模是收益的天敌，盘子大了，不好操控是自然的。股票型基金的重点是选到好的股票。不过，根据监管规定，一只基金持有一家上市公司的市值不得超过基金资产净值的10%，也就是说，基金经理要不断地寻找大量的好股票来保证基金的收益。再说规模太小的影响，如果规模太小，连续一段时间净值低于5000万元，基金是要被清盘的。除此之外，看基金规模还有其他的原因。规模大小在一定意义上是投资者对基金业绩的认可度，一个规模很小的基金说明它的业绩出了问题，正在被投资者抛弃；或者是刚刚成立的基金，大家都还不是很认可。 所以对于规模太小的基金千万不要碰。”

李磊接着说道：“最后看基金业绩。投资者可以在相关网站上按照股票型基金近3年、近2年、近1年的排行进行筛选，主要可以看排名前20的基金。但是有一点要记住：在同类型基金中进行对比才有意义，不同类型的基金之间没有任何可比性，所以一定是先选择类型再去看排名。

“然后再看基金的风险控制能力。这一步是所有筛选标准中最重要的一点，很多人都特别关注基金的历史业绩，选择那些长期绩优的基金，这个当然没错，只是还不够全面。因为股票型基金最大的特点是波动大，涨得猛，跌得也猛。因此，投资者最好再比较一下不同股票型基金的波动情况，选择相对波动较小的基金，也就是基金的回撤控制得很好，能在跌的时候比同类基金跌得少一些的基金。

“关于回撤控制这个信息的查询方法，可以在相关网站上的基金页面看到‘阶段涨幅’这个指标，关注一下基金的年度涨幅和季度涨幅，还有‘近一年最大回撤’和‘夏普比率①’，这两个数值中，最大回撤越小越好，而夏普比率越大越好。这些数据都是系统自动计算得出的，我们只要根据结论去推测选择就好了。

“最后一步，则是选择基金的一个通用指标，那就是考察基金的灵魂人物——基金经理。

“股票型基金的基金经理对基金业绩的影响之大是不用怀疑的，投资者一定要看基金经理在这只基金的任职年限。如果现任的基金经理接管这只基金时间不长，就意味着此前这只基金的好业绩和他没有太大关系，这个时候就要慎重了，因为这意味着这位基金经理的业务能力还没有经过考验，很难获得客户的信任。

“如果经过前面的筛选，已经初步建立了一个基金优选池，而这些入池的基金有的中途换过基金经理，那就要认真分析，看要不要淘汰掉相关基金。相反，如果基金经理在这只基金的任职年限较长，并且基金的回报也不错，那就说明这个基金经理的投资能力很强。全面了解基金经理，选对人，股票型基金的投资就算是成功了一半。”

---

① 夏普比率（Sharpe Ratio），又称为夏普指数，是基金绩效评价标准化的一个指标。

“确实厉害，太专业了，不愧是专家啊！”张瑶忍不住夸赞李磊。

李磊有点不好意思起来，被张瑶这么一夸，他有些脸红，赶紧继续讲解如何购买股票型基金的问题。

他接着说：“大多数基金有两种投资途径，即场内基金和场外基金，这个‘场’指的就是证券交易市场。场内基金是需要开通股票账户在证券交易市场购买的基金，和股票的操作是一样的，但是场内基金的缺点是无法设置定投，只能手动买入。

“而场外基金就是不需要开通股票账户也能购买的股票型基金，比如在一些App上看到的那些基金，就属于场外基金。场外基金的优势就是种类很多，而且有不少优秀的主动管理型基金，并且可以设置定投，每个月或者每周自动从银行卡账户扣款。而申购费不同的基金费用也不同，具体的可以在基金购买平台上查询到。

“由于股票型基金波动大，且很难判断市场底部或者顶部，对于买入的时机也就很难抉择，因此建议用定投的策略来避免择时。

“所谓定投就是指在固定的时间（如工资发放日）以固定的金额（如500元）投资到指定的开放式基金中，类似于银行的零存整取方式。

“采用此类方式投资基金，可以做到无论市场行情是大涨还是大跌，你选定每个月的固定一天将固定的金额投入基金，比如你在银行的账户中设定自动扣款。”

这时，张瑶的电话响了。她拿起电话，走到室外。

“是张瑶吗？”

“是我，您是？”

“我是晓迪啊，怎么老联系不上你啊？”

“是你啊，我不会在做梦吧？你从哪里找到我的号码的？”

“哈哈，这个你就不用管了。怎么样，想我吗，宝贝？”

“那还用说，可想你了。我到处找你的联系方式都没找到。”

“对了，你结婚了吗？”

“哎，这个事情，晚点给你说吧，这会儿忙着呢。”说到结婚的事情，张瑶感到五味杂陈，赶紧搪塞道：“宝贝，你的手机号，我记下了。忙完了我给你回过去，挂了啊！”

“哎哎，还没聊几句呢！”晓迪在电话那头很急迫地喊道。

# Part 26
# 货币型基金最安全

张瑶整理了一下情绪，重新回到座位上。

“说完风险最大的股票型基金，咱们再来说说风险最小的货币型基金。”李磊越说越兴奋，他告诉张瑶，“货币型基金指的是投资于货币市场的基金。”

“那货币市场又是什么样的市场呢？”对于货币市场，张瑶有所了解，但为了鼓励李磊讲下去，她还是问了一句。

李磊抿了一口咖啡，继续说：“一般来说，我们将投资期限锁定在1年期以下的金融市场称为货币市场，投资品种主要包括银行短期存款、国家和企业发行的1年以内的短期债券等。这些投资品种可以较好地保障本金的安全，但这个特点也决定了货币型基金在各类基金中，其风险和收益都是最低的。

“货币型基金的收益会高于同期的银行活期存款，国内货币型基金的年化收益率普遍在3%～4%。由于投资标的是1年以内的金融产品，货币型基金的变现能力很强，大部分货币型基金都支持当天赎回到账。”

李磊接着说：“投资者要是不能承受高风险，可首选投资货币型基金，至少在急需用钱的时候，这种产品大多当天就能到账，最晚也不会超过3天。”

“现在选择投资货币基金的人越来越多，但是货币基金要注意7日年化收益率和万份收益的问题。”李磊提醒道。

“顾名思义，7日年化收益率是指过去7天，这个货币基金的平均收益率。万份收益就是当天购入10000份的收益。

“简单来说，每万份收益是每天可获得的真实收益，这个指标越高，可获得的真实收益也就越高；而7日年化收益率反映的是该只基金过去7天的盈利水平，属于短期指标。具体在挑选货币基金时，是看7日年化收益率还是看万份收益，需要根据具体情况具体分析。若想短期持有，就参考7日年化收益率；若想中长期持有，就参考万份收益。”

张瑶觉得这个问题比较简单，就岔开话题，想问问债券的事，这部分知识她一直想了解，却苦于找不到适合的人。命运让她遇到了李磊这位基金经理，她可以学习到很多投资知识了。

# Part 27

# 债券型基金适合闲钱购买

得到张瑶的鼓励，李磊埋藏已久的自豪感也被激发出来了。

“债券有点像朋友之间借钱时打的欠条，借钱的人在欠条上写好什么时候还清，利息是多少。但和一般欠条不同的是，债券是发行机构为了募集资金发行的一种凭证。根据发行机构的不同，债券又细分为政府债、金融债和企业债等。”李磊解释说。

“与债券相关的是债券型基金。按照分类标准，80%以上的资产投资于债券的基金为债券型基金。

“一般来说，债券型基金的长期收益比货币型基金要高，但相对于股票型基金，债券型基金的收益又低一些。另外，在股市出现剧烈震荡的时候，债券型基金的收益也相对稳定。”

李磊告诉张瑶：“如果手里的钱不急用，可以购买债券型基金，对比下来，收益还是很可观的，而且也不用太担心资本市场行情的剧烈震荡。”

“这就是稳稳的幸福吧。”不善言辞的李磊还调侃了一句。

“因为投资的产品收益比较稳定，债券型基金又被称为‘固定收益类基金’。债券型基金的分类，根据投资范围的不同，可以分为纯债基金、普通债基、可转债基金三类。

“纯债基金可以投资货币市场工具和债券，但不投资股票、权证，也不投资具有股票性质的可转债。根据投资组合时间的长短一般分为中短债基和长期债基。

“纯债基金名称中一般含有‘纯债’二字，基金的具体投向以基金合同中的投资范围为准。通常情况下，纯债基金的合同中会明确表明不投资二级市场股票、权证等权益类证券。”

“如果投资金额比较大，又是闲钱的话，纯债基金看起来还是不错的？”张瑶问。

“是的。”李磊接过话头说：“纯债基金的特征就是波动小、收益稳定，更适合追求稳定收益的保守型投资人。投资期限上，中短债基的投资组合时间是在3年以内的债券型基金；长期债基则主要投资长期债券，可能无明确时间限制。

“普通债基就是投资债券比例不低于80%，可以投资股票、权证等，但比例不超过20%。普通债基还可以细分为一级债基和二级债基。历史上，债券型基金还可以投资打新股，但根据最新监管规定，不再允许该类产品参与打新，一级债基成为历史；而二级债基可以用最高不超过20%的仓位投资股票二级市场，直接进行股票买卖。

“二级债基费率通常比纯债基金高，风险和预期收益高于纯债基金、低于可转债基金，适合股市熊市末期、市场筑底阶段时，可谓攻守兼备。这类债基在其基金合同中会明确规定，基金资产可以投资股票、权证等权益资产，此类资产投资比例不超过基金净资产的20%。

“可转债基金则主要投资可转债，它投资于可转债的比例一般在60%

左右，比普通债券型基金持有的可转债比例要高，可转债允许购买人在一定条件下将其购买的股票转换成公司股票。

“可转债基金的风险高于普通债基，兼具债券和股票的特性。当行情好的时候，可转债基金的盈利能力较强，适合中等风险承受能力的投资者。市场上关于可转债基金的投资范围，会明确表示投资固收类证券比例不低于基金资产的80%，投资可转债比例不低于固收类证券比例的80%，即投资可转债比例不低于净资产的64%。

“从三类债券基金的分类看，由于投资标的的不同，风险也不同。风险由小到大依次为纯债基金、二级债基、可转债基金。

“在产品类别选择上，如果是比较激进的投资者，并且看好未来股市，那就买可转债基金，这类产品进攻性最强，但需要注意的是：由于可转债可以在特定条件下转换成股票，所以具有一定的股性，风险也最大。

“如果只是做资产配置，可以考虑纯债基金。纯债基金的业绩比较基准，一般都是100%定期利率乘以一个系数，或者是100%中债总全价、100%中债综指全价等。

“如果是属于平衡型投资者，可以考虑二级债基。二级债基20%的资产净值的比例可以参与二级市场股票的买卖，能够博取一定的股票收益，但基金风险也较大。”

被李磊这么一点拨，张瑶对基金的投资思路一下子清晰起来，起码在控风险这块儿，已经有了一个明显的认知。

# Part 28

# 选择混合型基金的门道

平时，李磊在公司常给人一副沉默寡言的样子，也不太喜欢和人多交流。工作之余，他宁愿把时间花在研究专业产品上，而不像其他男同事那样，去打球、旅游或陪女朋友看电影。正是因为所有的空闲时间都在充电，他的专业能力在公司是首屈一指的。尽管有人说他孤傲、不合群，他也不想过多解释什么。

李磊万万没想到，这次相亲遇到的张瑶居然对投资理财那么感兴趣，在女人中绝对算是另类。也罢，自己空有一身专业知识，正好借机显摆一下。

他继续补充说道："为了适合投资者不同的需求，基金公司还有一种混合型基金。混合型基金既可以投资股票，也可以投资债券和货币市场，而且投资股票和债券的比例没有严格的限制。基于这个特点，基金经理可以根据市场的变化调整投资策略。当股市上涨时，可以加大股票投资力度，降低债券的配置比例，以获取更大的投资收益；当股市下跌时，又可以反向操作，增加债券的投资比例，回避股市的高风险。

"一般来说，混合型基金比股票型基金的风险要低，而且长期收益要高于债券基金。这种基金比较适合风险承受能力一般，但又希望在股市上涨中能有所收获的人。

“也就是说，在能承受一定风险的前提下，想要追求较高一点收益的，就可以选择混合型基金。”

原来是这样，张瑶在心里暗暗佩服李磊，这么专业的知识，他居然门儿清，这要是成了，今后家里的理财大事，交给他可就省事多了。

李磊并未觉察到张瑶的想法，只管继续讲解。

“当股票的投资占比在0 ~ 30%之间的时候，属于偏债型的混合型基金。当股票的投资占比在60% ~ 95%之间时，叫作偏股型的混合型基金。还有一种叫作灵活配置型，就是基金的股票投资占比可以在0 ~ 95%之间灵活变动。

“对于普通人来说，挑选混合型基金时，也可以用前面讲到的方法。在风险控制方面，可以将过去3年最大回撤指标作为风险控制指标。

“不过，我们必须了解，在现实中没有人能完美择时，只有择时能力高低的区别。基金经理的水平如何，可能很难一下就判定清楚。不过，其管理基金的能力水平最终都会反映到历史收益上，所以，在购买这类基金时，可以按照最大回撤进行筛选，毕竟基金投资还是以绝对收益为目标，稳字当头。”

“总结一下，”李磊顿了顿，“投资股市的股票型基金风险最大，投资比例不受限制的混合型基金是其次，接下来是债券型基金，而货币型基金的风险最小。投资之前，投资者最好先了解一下不同基金的投资风险，然后再根据自己的风险承受能力和投资目标进行选择，这样出错的概率会大大降低。”

# Part 29
# 被动型基金的魅力

“这么复杂的基金投资被你这样一说，我还真记住了。不过，我看到还有被动型基金和主动型基金，这又是什么呢？”张瑶的兴趣被调动起来了，也没再客气，继续追问李磊。

此时，张瑶已经被李磊的专业能力完全折服了，她不停追问的目的，除了想学些投资知识以外，还想看看，李磊对她有没有足够的耐心。在她看来，选老公也是一笔投资，而且是女人一生中最重要的投资，可容不得有半点闪失。

“这是按照投资策略分类的。”李磊没有表现出任何的不耐烦，反而越讲越兴奋，看着李磊滔滔不绝地讲解，连邻座的顾客都侧耳来听他细说。毕竟，现在是一个全民投资的新时代，大部分人的脑子里都只有一个词：赚钱。因此，对于普通人来说，能学点免费的基金知识，自然是求之不得。

“一般来说，被动型基金指的是指数基金，那什么是指数呢？证券交易所里有很多股票，每只股票的价格都在随时变动，有的涨、有的跌，而指数就是一个能够实时反映股票市场整体涨跌的参照指标。

“举个例子，财经新闻里经常看到的沪深300指数，就是挑选了沪（上海）深（深圳）两个股票市场里的300只股票来编制的指数。其中，编入指数里的股票叫作指数成分股。

“说完指数，再理解指数基金就简单多了。指数基金就好像是指数的影子，它是以某个特定的指数为目标，通过购买指数中的成分股来构建投资组合，通过跟踪指数，做到和指数如影随形。也就是模拟指数来投资，指数涨多少，基金就涨多少；指数跌多少，基金就跌多少；指数有什么股票，基金就买什么股票。

“比如沪深300指数基金，顾名思义就是从上海证券交易所和深圳证券交易所里所有的上市公司中挑选出规模最大、流动性最强的300只股票形成的指数。所以，沪深300指数基金基本覆盖了沪深市面上六成的市值，也是最具代表性的一只指数基金。

“沪深300都是以大盘股为主，也就是说都是以大公司为主。很多大型的基金公司都推出过与沪深300指数相对应的基金。

“再说得详细一点，在众多沪深300指数基金中，挑选时要注意跟踪误差小、规模最好在5亿元以上、成立时间久一点的指数最为适合。刚成立半年或者一年的指数基金最好不要认购，管理费和托管费越少越好，这样在认购和赎回的时候可以省一笔小钱。”

张瑶心想，李磊看起来像个不拘小节的大男人，没想到还挺会省钱的，这样的小事情都要拿出来强调一下。不过细细想来，也对，别看那些不起眼的小钱，东一下西一下积攒起来，也是一笔不小的费用。

李磊接着说：“投资指数基金有一个最直观的好处，就是相当于把自己的闲散资金做了一个现金管理。这样既可以让你养成节俭的习惯，不乱花钱，又可以让你获得比较稳定的收益。

“指数基金常分为宽基指数和行业指数，是普通投资者相对适合投资的一种产品。我们经常能听到的宽基指数很多，比如上证50指数（从沪市挑选的规模最大、流动性最好、最具代表性的50只股票）、沪深300指数（从上交所和深交所挑选的规模最大、流动性最好的300只股票）、中证500指数（为国内中型公司的代表，除去沪深300中的所有公司，以及日均总市值排名前300名的企业，再靠后的500只股票）等。

“宽基指数基金和行业指数基金两者的区别在于，前者的最大优势是覆盖的行业更多、更广，分配更均匀，所以它的盈利也就更稳健；而行业指数基金则考虑到整个行业的发展特点与发展阶段，受行业影响大，风险相对会高一点。”

“选择指数基金的本质，就是选择指数。指数本身没有好坏之分，只有合适与否。”李磊兴致勃勃地对张瑶说：“对于大部分投资者来说，选择一个代表性强、主流的指数即可，只要指数本身是长期向上的，就可以纳入投资范围。如果投资者想获得市场平均收益，就可以选择代表A股的沪深300指数基金。

“在选择行业指数基金上面，有一种简单粗暴的方法，就是看好哪个行业的未来发展，就买哪个，或者挑估值最低的买。比如，新冠肺炎疫情在全球肆虐以来，医疗基金的表现非常抢眼。又如，中美两国出现贸易摩擦以来，美国想在高科技技术方面卡中国的脖子，但中国的高科技企业奋力突围，所以高科技基金的表现也非常不错。还有就是白酒基金，近两年，中国名酒供不应求，在产量有限的情况下，常常出现一瓶难求的情景，所以白酒基金也很赚钱，大家也形象地把这几年的资本市场概括为：

喝酒、吃药、搞研发。

“但简单的方法也会暴露很多问题。比如，你看好的行业听起来未来市场是挺大，也很有想象空间，可就是没法被证实，板块个股随时有可能大跌。再如，估值低的板块虽然有较高的安全边际，但涨得不一定好。”李磊仔细分析给张瑶听。

张瑶频频点头。

李磊继续说道：“在指数基金中，还有一种是增强型指数基金，其在追踪指数的基础上，会进行一些操作来获取超额收益，但是相比普通指数基金会多一些风险，所以挑选这类基金要多加注意，可以通过该基金的历史数据来分析是否有增强收益。

“在挑选增强型指数基金时，首先要看基金排名，一个持续获得好收益的基金，说明其增强策略经过了市场的检验，虽然未来市场风格可能变化，但一个靠谱的模式继续有效持续一段时间的概率会更大。

“其次要看基金规模，大小要适中，小基金尽量不碰，大基金关注追踪。因为小基金有清盘的风险，根据监管要求，连续60日规模小于0.5亿元，或持有人数小于200人，此类基金有遭遇大额赎回波动的风险。另外，由于指数基金需要追踪的标的多，基金规模太小往往覆盖比较吃力，追踪误差较大。

“另外，基金规模过大也往往会使得增强策略失效，有些策略可能适合小规模的基金，如打新股等，所以一般来说基金规模不宜过大。着重筛选的基金，其规模应在3亿～80亿元，其中低于10亿元规模的基金要关注其机构持有人的比例，防止机构投资者大额赎回造成的风险。高于50亿元规模的基金则需要关注其增强策略，每过1年持续跟踪其增强效果。”

“最后就是要看成本。增强型指数基金一般成本也会高于完全被动型指数基金。对于条件相当的基金来说，当然是成本越低越好了。”李磊事无巨细，继续说着。邻座的客人把椅子越搬越近，生怕漏过任何一个细节。

# Part 30

## ETF这个名字好奇怪

“另外，ETF也是一种在场内交易的指数基金。它作为一种特殊的指数基金，有不同于其他基金的特点。”

“ETF听起来名字很奇怪。”张瑶故意调侃问道，“是不是名字越奇怪的，收益率越好呢？”

李磊没有在意张瑶的淘气举动，假装没听出来。他有一个习惯，一旦讲解专业知识，就比较认真，很少开玩笑。

李磊继续说道：“ETF，其实是Exchange Traded Fund的缩写，翻译过来就是‘交易所交易基金’，也被称为‘交易型开放式指数基金’。ETF的申赎门槛较高，在二级市场的交易门槛却较低。

“因为ETF代表了一篮子股票的所有权，通常每只股票一次性购买的数量不得少于100股（俗称‘一手’），需要占用的资金最少也是100股乘以每股价格，再加上管理费用。

“在一级市场申购ETF时，需要用ETF包含的一篮子股票与基金份额进行交换，这就导致一次性需要占用的资金量会很大。例如沪深300ETF，需要一次性买齐300只股票，大概需要数百万元资金。

“在二级市场交易ETF的门槛相对较低，一次性最低买卖100份额，根据每份的单价，可能最少只需要几十元、几百元。

“只在二级市场内买卖ETF是完全没问题的，但如果你想利用一级市场赎回套利，还是需要攒够一定的份额，达到赎回的门槛才行，通常是50万份或者100万份起赎。这可是很大一笔资金呢。”李磊一边说一边用手比画着一个巨大的数额。

说到这里，李磊给张瑶分享了一个自己身边发生的真实故事。

“去年，我的一个朋友在商场试驾了一款新能源汽车，回来后赞不绝口，说这辆车不仅颜值爆表、功能酷炫，还很环保，他由此认定，新能源汽车未来一定会大放光彩。为此他还专门跑来问我，新能源汽车这个行业里面是不是有很多投资机会?

“我告诉他，机会是有，但是这个行业相关的投资门槛还是挺高的，单个公司的股价波动也特别大。后来我告诉他，可以关注一下新能源汽车ETF，用定投的方式试试看。

“‘看好新能源汽车的发展，又可以靠ETF省心定投，我应该会坚持定投下去。’那个朋友也认可这种方法。果不其然，他投资1年多，已经赚了不少钱。”

李磊继续说：“基金公司和基金经理比大多数人更懂得资本市场和行业，也会推出相应的ETF产品，这种产品成本低，操作难度不大，风险较小，在国外市场非常流行。

“对于场外基金来说，盘中的涨幅再大都没有意义，因为赎回价是根据收盘价来计算的。购买场外基金时，我们也经常会遇到，一只基金盘中估算净值翻红，收盘时却是下跌的。

“ETF的价格会实时变动，所以购买ETF可以抓住盘中上涨的机会，及时抛出套利，和场外基金相比更具有优势。但这一波操作要在股票账户里进行。”李磊强调说。

“另外，股票属于T+1交易，T日（当天）购买的股票，在T+1日才能卖出，且卖出时要收取印花税。但是投资者可以使用已有的股票申购ETF基金，使用股票换购ETF份额不仅可以免收印花税，更重要的是，当日申购的基金份额，当天虽然不能赎回，但是在二级市场上卖出是完全可以的，卖出获取的资金可以马上使用。这就等于变相实现了T+0交易，同时也节省了费用。

“不仅如此，ETF基金的管理费等运作费用也比大部分基金要低。如此低的交易成本，搭配较高的交易效率，能够帮助投资者灵活地在板块之间进行切换，从而更加紧密地追随市场的轮动行情。

“随着ETF基金品种的日益丰富，对投资者进行更加细化的结构性布局是非常有利的。”

“等等，这玩意儿好是好，但感觉太复杂了一点。”张瑶忍不住打断了李磊的讲解。

张瑶感觉用ETF赚钱比较麻烦，还要通过股票账户进行交易，完全不在自己的能力范围之内。

李磊笑着接着说道：“ETF的套利方式虽然多，但在资金量、技术等方面，都是有一定门槛的。对于你这种投资者来说，难度不是一般的大！不过，考虑到普通投资者毕竟不是专业人士，基金公司为了让普通投资者也能轻松投资ETF，就复制了ETF的投资组合，推出了ETF联接基金。

“ETF联接基金属于场外基金，用基金账户即可购买，无须使用股票账户。在投资比例上，它投资目标ETF的比例不低于基金资产的90%。不仅如此，ETF联接基金10元即可购买，比起场内交易ETF动辄需要数百上千元，门槛进一步降低了。

“而且使用ETF联接基金可以很方便地进行定投，设置好定投计划，每周花上几十元，也可以轻松投资ETF。ETF联接基金可以说是普通人投资ETF的利器。”

最后，李磊笑着总结了ETF。

# Part 31

# 主动型基金的核心

张瑶可没打算让李磊结束讲解，接着又问道："你刚才说了被动型基金，那是不是还有主动型基金？"

"当然！"李磊笑着说，"和被动型基金相反，主动型基金是寻求取得超越市场的业绩表现为目标的一种基金，需要由基金经理对证券市场进行深入研究，主动选择股票和债券来确定的投资组合。说白了，就是看基金管理团队的手段和策略，团队能力强，管理的基金产品就涨得快，相反则可能'跌跌不休'。

"由于主动型基金更看重基金经理的操作风格和擅长行业，所以选好基金经理、基金公司就是重中之重。投资者在买入基金的时候，可以根据自己比较看好的行业来买入基金经理的产品。"

张瑶点头说道："我以前就没注意过基金经理，之前在手机推送中，我还看到过一条新闻，大概意思是说90%的人玩基金都在亏钱。2021年前3个月，基金亏损人数超过七成，这里面是不是大比率都是新基民？"

"确实如此。"李磊微笑着回答。

李磊接着说道："行情波动时，大部分亏损的都是像你一样的新基民。这类基民持有基金时间还不到3个月，如果把时间拉长，从2020年算起，其实收益还是可以的。

“因为以年为单位周期来看，还是赚钱的基民占相当高的比例。比如易方达混合基金，2021年3月该只基金近一年收益是113.88%，但是亏钱的人却高达84%；可到了2021年5月，亏损占比已降到了50%左右。虽然这个占比还是很高的，但至少比两个月前减少了30%以上。

“因此，所谓的亏损是要通过时间周期去衡量的。如果用年初的时间点衡量，那确实玩基金亏损的人占了大头；如果时间拉长到2020年同期，就会惊奇地发现，其实亏损的人并没有那么多。

“所以，我们大多数投资者，不要轻易被短期波动所迷惑。从2021年的数据来看，基金赚钱基民不赚钱，有一个很重要的原因就是：基民持有基金的时间太短。

“换句话说，持有时间长短，会影响到你最终的基金收益。”李磊语重心长地说。

“就拿交易费用来说，基金在7天内赎回，是需要收取1.5%的赎回费，所以基金并不适合快进快出。而且基金是有周期性的，此时大跌后面也许会大涨，但是，没有人可以提前预判哪里是最高点和最低点。而老基民们都知道，涨跌是常态，基金买入后往往只需要把它捏好。”

“如果在购入某只基金后还是亏钱，那很可能就是选错了基金。”邻座旁听了很久的一位老者忽然插了一句，“基金很赚钱，但不是所有基金都赚钱。”

李磊转过头看了老人一眼，说：“对，大伯说得对，要选对基金。”

他接着说：“比如景顺长城的刘经理，他管理的基金产品成立16年以来，一共涨了2572%；还有兴全基金的董经理，其管理的基金产品成立16年以来，一共涨了2492%。

“今年就有这么一位基民，火爆基金圈。因为他在12年前，用200万元买入了某明星基金经理的富国天惠基金，最后赚了近1500万元，被称为‘地表最强基民’。”

张瑶惊讶得眼珠子都要掉出来了。原来做好基金投资，竟然可以“躺赢”。

李磊见怪不怪，笑着说：“其实买基金也很简单，就是买入后坚定持有，12年一眨眼过去了，200万元投资慢慢就滚到了1500万元。

“但我必须提醒一下，投资者一定要用闲钱做投资。闲钱就是至少三五年内甚至10年内都不会用到的钱。用闲钱投资，不会太担心短期内亏钱，才能使人更平和地面对市场波动。坚持长期持有，回报可能让人吃惊。即便是在2015年牛市高点买入基金，只要买的基金产品是水平很高的基金经理所管理的，坚持持有几年，都能回本赚钱。当然了，基金经理所管理的基金也有亏钱的时候，有的基金经理管理的基金最多时可能亏50%左右，然后用了四五年回本，最后才是赚大钱。

“我举这些例子，目的是让你明白，就算目前亏损了，只要你手里的基金质地够好，你能长期持有，后期大概率还是能把钱赚回来。”李磊又说道：“如果你能做到长期加定投，还能让风险再降低一点。因为定投的意义就是拉低持仓成本，以及降低人为操作的不确定性。”

张瑶大概明白了李磊的意思，接过话头说：“定投可以分摊风险，即使买在了高位，也能通过后期定投，把收益弥补回来，对吧？”

“对！”李磊见张瑶一点就透，很是高兴。

李磊接着说："挑选主动基金的核心逻辑就是挑选背后管理的基金经理。而挑选基金经理的核心逻辑就是要看他的业绩是否拔尖、管理的基金规模是否够大等。

"挑选一只基金好的买点就是要看估值。这个道理就跟参加网购活动一样，要以更低价格购入，才能获得实惠。买基金也一样，要尽可能以一个便宜或者合理的价格买入好基金，才能赚到钱，如果这个好基金目前价格太高，那么赚钱的可能性就小，甚至还要承受一定的回调风险。当然，具体基金具体分析，也不能一概而论。

"还有就是要时刻关注自己买入的基金情况，比如出现基金经理换人的情况，这时就要考虑自己是否认同新接手的基金经理，不然就要考虑卖出了。

"总的来说，大方向上是持有优质基金不乱买卖，坚定长期持有。除非遇到特殊情况，才会考虑卖出。"

"如果做到以上几点，就能保证100%赚钱吗？"张瑶眯着眼睛，狡黠地问。

李磊笑了，说道："没有哪种投资能100%保证赚钱，如果有，那一定是骗子胡乱宣传的。

"比如世界公认的'价值投资之父'格雷厄姆，曾在美国1929年的股灾中试图抄底，最后负债累累。当时道琼斯指数单日跌幅高达11.5%，但格雷厄姆以为抄底机会来了，却没想到更糟糕的还在后面，因为道琼斯指数的暴跌才刚刚开始。

"最后，格雷厄姆管理的基金直接被腰斩，亏损超过50%！而更糟的是，由于使用了杠杆，格雷厄姆在后面3年一直都是负债累累，狼狈不堪。

“再如‘股神’巴菲特，曾经大手笔买入了老牌科技股IBM，却没想到在亚马逊、谷歌异军突起之后，导致IBM的股价暴跌，最后只好含泪斩仓IBM，最终损失20亿美元。

“不投资就不会亏钱，如果想投资，赚更多的钱，那就一定要认真做功课。深度了解基金的赚钱原理，了解基金是怎么挑的，了解基金应在什么时候买，又该在什么时候卖。而且一定要明确自己的风险偏好，不做自己无法承受风险的投资行为。就算是最后亏钱了，也要认真反思自己的投资行为，及时止盈或者止损。”李磊总结道。

时间过得真快，张瑶瞄了一眼手表，已经晚上7点半了，她提醒说：“该吃饭了，辛苦你讲了这么多知识，今天我请你吃饭吧。”

李磊哈哈大笑起来，打趣道：“那我就不客气了哦。”

张瑶开心地说：“好，但以后你得请我吃大餐。”

# Part 32
# “固收+”产品的本质

吃晚饭时，张瑶和李磊已经很熟悉了，仿佛是几百年前的恋人，一打开话匣子，都感觉意犹未尽，不知不觉地又谈起投资理财的话题。

李磊边吃边说道：“对于普通投资者来说，还有一类理财产品也是不错的选择，就是现在市面上比较热的‘固收＋’产品。”

他举了个例子，“2019年年底，新冠肺炎疫情开始暴发，随后蔓延开来。这给民众的生活带来了诸多不便，没承想，‘固收＋’产品却突然火爆了起来，主要原因是央行想提振经济，以对冲新冠肺炎疫情对经济发展带来的不利影响，于是把利率打到很低的水平，这时市场上的现金类产品和货币基金的收益率都很低，银行理财产品的收益就更低了。由于债券是固定收益，只要持有到期，无论市场涨跌，都必须还本付息，所以当其他资产都不赚钱时，债券基金的收益却非常好。

“这个时候，债券基金被大家看上了，那么这个产品到底哪儿好呢?

“首先看名字，这个名字起得就很好，很容易理解，说明这个产品由两部分组成，一部分是固收（固定收益产品），比如债券和货币市场现金类产品等，另一部分是‘＋’过来的部分，这个‘＋’就比较丰富了，什么都可以加，如股票、可转债、股指期货、国债期货等，目标就是增加收益。”

李磊又举例说：“这有点像我们平时吃饭，比如说主食是米饭，辅食是各种蔬菜，这个‘固收＋’的产品也一样，主食就是固收，是主体，辅食是各种高风险的资产，不占据最关键的位置。

“因此，这类产品就有点‘进可攻，退可守’的味道，有个固定收益产品打底子，就意味着这个资产一般而言波动较小，风险小、收益低，而‘＋’的部分一般是高收益的股权类产品，风险高、波动大，这样就给投资操作提供了灵活性。

“在具体操作中，一旦权益类产品风险高，就多配固收类产品，少配权益类资产；如果固收类产品波动大（当然这种情况比较少见），则可以适当多配置权益类资产，很多情况下，固收类和权益类资产是跷跷板效应，固收类资产跌的时候，权益类资产涨，反之亦然。更为重要的是，固收类资产是打底子的，是负责稳的，而权益类资产则承担适当增加收益的任务。

“普通投资者要买‘固收＋’产品，流程上和买其他基金产品是一样的，在基金公司、银行、券商的App上都能买到。当然，财付通或者支付宝等软件也很方便，打开支付宝理财‘稳中进取’的栏目，或是在银行App中直接搜索‘固收＋’，就可以看到这类产品了。

“这类产品风险和收益都高于传统银行理财产品的余额宝，比股票类产品低，属于中风险产品。这类产品对于厌恶风险，但是又嫌银行存款和货币基金收益太低，稍稍可以承受低风险的投资者是相对合适的。”

李磊接着说：“接下来就是如何挑选一款好产品了。尽管都是低风险，且收益还不错的产品，但这只是产品设计时的理想，能否真正实现还要看如何操作，因为‘+’的部分是权益类投资，风险比较高，固定收益的债券跌的时候也很惨，比如2020年，债券市场调整后，固定收益基金回撤幅度就很厉害。

“当然，也有回撤幅度不大的产品，这就看操作水平了，最好看看历史回撤数据。这样的产品一般都比较扛跌。”

李磊强调说：“回撤就是在一定时期内，产品的净值从高点跌落的幅度。跌得越多，回撤越大，那这个产品的风险相对就高。

“选择这类产品时，还是要看有一定规模的，不能小于2亿元，不然就有清盘的风险，这方面要多了解，多看看财经新闻、基金公司的成立年限、管理规模、历史成绩、排名等，再就是看看基金经理的资历、历史表现、历史回撤、操作风格等，进行综合考虑。

“‘固收+’产品还有一点，就是需要重点关注股票比例的高低，这类产品的最大回撤，表现比较好的可以控制在2%~5%。

“当然，按照风险偏好，客户可以选择不同股票比例上限的产品。股票比例低一点的，不超过20%，高一点的可能有30%左右。

“‘固收+’产品的本质，其实代表着一种不错的资产配置思路——相对稳的固收产品打底+少量博取高收益的投资策略。”

李磊清了清嗓子，特别提醒说：“最好用12个月以上可不动用的闲钱来投资，因为1年期满，就能回本获得收益，二级市场上的价格也要向年化收益靠拢，如果不满1年，万一价格跌了，就只能认亏了。”

# Part 33
# 打新股的秘密

晚餐的气氛很好，一直滔滔不绝的李磊开始意识到今天似乎说得太多了。他担心张瑶一时消化不了太多投资知识，于是轻声征求张瑶的意见。

“我说得太多了，你不会觉得我是个话痨吧？”

“不会啊！我其实挺喜欢你讲这些知识的。”

“是吗？那你还想听吗？”

“当然，如果你愿意讲的话。”

张瑶体贴地给李磊夹了一块红烧肉，用妩媚的眼神看着李磊。

李磊偷偷瞄了一眼张瑶，目光正好碰上那双水汪汪的大眼睛。他的心似乎要跳出来了，这是多么奇妙的一种感觉啊。

得到张瑶的鼓励，为了打破尴尬，李磊继续说道：“其实，对于普通投资者来说，还有一个简单的赚钱方法，就是打新股。

“打新股就是申购IPO（首次公开募股）的股票，在国内，能够在证券交易所上市的企业都经过了监管部门的严格审核，有不小的上升空间，所以股票打新的时候，价格都很低，上市后就会大涨，跌破发行价的很少见，所以打新股被很多人看作赚钱的良机。

“当然了，因为新股上市后，连续大涨的概率很高，所以打新股的人很多，中签就跟买彩票一样，概率比较低，毕竟打中新股几乎等于稳赚。

“以2020年的数据来看，深市、沪市各配置50万元市值股票持仓，就可以顶格参与年度95%的股票打新了。”李磊像一个主持人念台词一般，跟张瑶介绍各种各样的规则。

“不过，也得提醒一句，在A股市场打新股，破发（跌破发行价）的可能性还是有的，但从统计数据来看，个别的破发现象和正收益相比，可以忽略不计。”

“那么，如何提高中签率呢？”张瑶饶有兴致地问。

“嗯，这是个很好的问题。”李磊给张瑶夹了一筷子菜，说：“这就需要合理分配股票持仓，保证沪、深两市的打新资格。无论在沪市还是深市，5万元市值的股票持仓和50万元市值的股票持仓，能申购的新股额度是不同的。比如一只发行价为5元的新股，股票持仓5万市值只能配10个号，而股票持仓50万市值能够配100个号。100个号中签的概率远高于10个号。还有一个窍门就是，可以集中资金申购大盘股，一般大盘股的中签率要高于小盘股。”

对于打新族而言，中签之后最关心的问题就是新股上市后，哪个时候卖出，收益最高。

张瑶也有这样的疑问。

李磊解释说：“通过对过往新股上市后的数据测试显示，‘开盘半个小时内’卖出的做法表现最差，收益率高点更多是下午接近两点和尾盘时段。

“为什么会出现这种情况呢？原因其实很简单，因为多数打新股的投资者采取的是早盘卖出策略，新股开盘后受到大量卖单冲击，股价整体会有一个快速回落的过程。新股在开盘后的30分钟之内收益普遍有较大幅度下滑。上午10点过后，交易情绪逐渐回暖，集中卖单逐渐消化完毕，股价将稳步回升。”

仅仅是打新股，竟然也有这么多门道，这让张瑶感受到投资理财的知识真是太丰富了，怪不得现在流行说“专业的人做专业的事”。

以前，她只听说过打新股能赚钱，却没有想过里面有这么多讲究，现在来看，如果认真做足了这方面的功课，打新股的收益还是蛮可观的。

饭吃到一半，张瑶的电话铃声再次响了起来。一看是外地的号码，她拿着手机走出门外。

“你好，请问是哪位？”

“嘿嘿，猜猜我是谁？”

“你谁啊？忙着呢，再不说名字我挂了哈。”

“别别，逗你一下呢。我是张丽，小样，居然听不出我的声音了。”

“啊？是你啊。我的天，今天真是好日子啊，晓迪才跟我联系上呢。”

“是啊，晓迪给你打完电话，然后告诉我，说总算找到你了，这不，我估计你这会儿有空，就迫不及待地打给你。”

“亲爱的，我这会儿正在跟男神吃饭，晚点联系你好吗？”张瑶压低声音，对着手机兴奋地说。

“好好好，快去吧！”

# Part 34

# 挑选好基金的策略

“你今天的电话有点多。是不是耽误你正事了？”张瑶回到座位，李磊表达了歉意。

“没有，没有。”张瑶笑了起来，心想，今天和你吃饭才是最大的正事呢。

看着这个初次见面的男人，一直在给自己讲解投资理财知识，张瑶突然有些感动。她觉得，李磊一看就是那种工作极其认真、专业能力非常强的人。想到这里，她对未来的生活有了一些憧憬。

李磊倒是没有想太多。他在工作中，言谈甚少，觉得身边的同事和朋友都没有张瑶这么纯粹，这么有耐心听他说个没完。他很感谢张瑶，她让自己有了展示专业才华的机会。

虽然有些疲惫，但李磊还想多说一点。他告诉张瑶，对于那些不了解金融市场，尤其是对于基金比较陌生的投资者来说，如何挑选一只好基金才是最重要的。即使在前几年公募基金的牛市时期，有一年收益翻倍的基金，同时也有亏损的基金。如果投资人选择的基金在大多数基金大幅度增值时，它却在亏损，那就让人太郁闷了。

那么，如何选择一只好基金呢？李磊认为，任何一笔投资，都不会绝对赚钱，即使严格遵守挑选纪律也会有失手的时候，投资人挑选基金其实就是对未来基金的收益做判断、做决定，但即便是顶级高手，运气的成分同样不可避免，拉长时间周期，投资人只要多赚少亏就算成功。总的来讲，只要投资人按照以下方式操作，胜率还是比较大的。

第一，投资人要对自己想要选择的基金大体有些了解。

第二，看基金经理的管理年限。看看他当基金经理几年了。一般来说，对基金经理管理年限最大的考量是，是否经历过一轮牛熊周期，只有穿越过牛熊周期的基金经理才能知道牛市的疯狂和熊市的绝望，才能真正考验一个人对投资时机的把握和对投资风险的控制。所以，一般都优先选择从业年限超过5年，有穿越牛熊周期经历的基金经理。

第三，看基金经理管理的基金最大的回撤是多少。什么叫作最大回撤呢？简单来说，就是在一定时期内，从高点跌落的幅度。跌得越多，回撤越大，那这个产品的风险水平就越高。

当然，也要考虑这个基金经理过去的业绩、经历、学历、专业、投资风格、风险偏好等，还要了解基金公司成立的时间、过去的业绩、同时管理了多少只基金、在业内的口碑如何等。

# Part 35

# 两个网络工具

根据权威数据，截至2021年6月18日，A股市场一共发行公募基金总数量为8088只，市场规模为223994亿元。

这个数额相当庞大，普通人买基金，通常只是选取几只，这无异于大海捞针。因此，如何辨别筛选出心仪的基金，还真是一个技术活。

“基金的数量实在太吓人了，虽然你讲了很多知识，我感觉还是无从下手呢。”张瑶故意撒娇。

“哈哈，别着急。我给你推荐两款购买基金的工具。”李磊说，“这个网络工具就是通过智能化的方式，把不符合自己要求的基金淘汰出去，然后按照需求进行优中选优，精挑细选。

“第一个工具是晨星网。

“该网站是一家基金评级网站，其在基金评级行业已经耕耘多年，在挑选数据的工具方面做得非常不错，界面分布清爽又干净，逻辑清楚，能够满足大多数小白投资者的需求。

“该网站网址是https：//www.morningstar.cn/main/default.aspx，或者搜索‘晨星网’进入主页后，先用邮箱注册一下。（见图1）

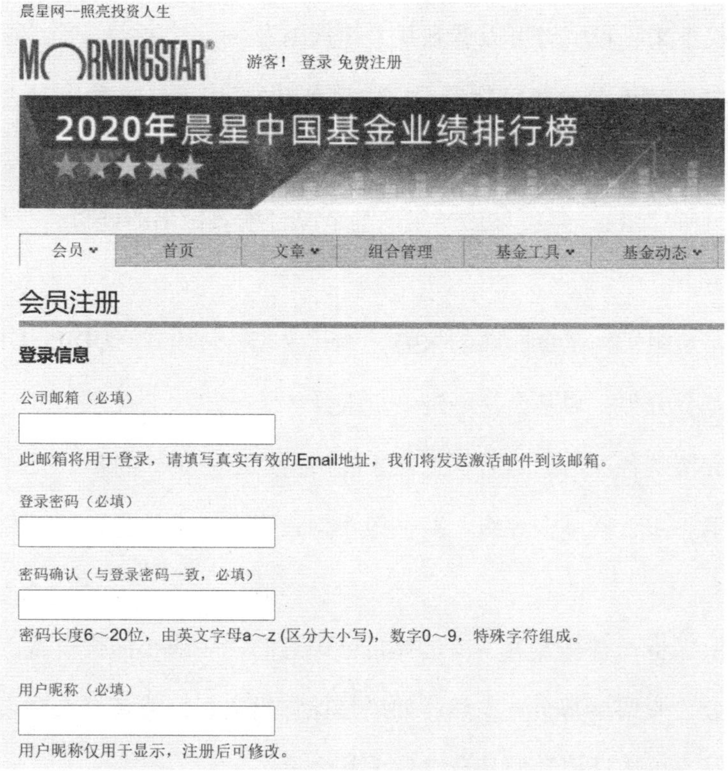


图1　晨星网注册界面

“使用时，将光标停留在‘基金工具’，然后出现各种选项，点击‘基金筛选器’按钮，页面就会跳转至基金筛选界面。（见图2）

图2　晨星网基金筛选界面

“接下来，投资者可以看到几个筛选因素：

“三年评级：包括3星以上（含3星）和3星以下，这是以过去三年该基金综合绩效做出的评价，当然是3星以上好。

“五年评级：这是以过去5年该基金综合绩效做出的评价，当然也是3星以上好。

“基金组别：基金所属的大类，如开放式、封闭式、QDII、ETF。

“基金分类：对基金类型进一步细分。

“弄清楚各项信息之后，怎样才能快速选出一批好的基金呢？

“第一步，看基金评级。对一般小白投资者，直接勾选5年评级为‘3星以上’。

“第二步，看基金类型。选择自己中意的，一般小白投资者，就选开放式基金、股票型基金。当然，如果是保守投资者，或者个人对未来股市并不看好，可选择债券型基金、货币基金等。

“按照上述方法，就能筛选出一批符合条件的基金。（见图3）

基金筛选

基金名称：--基金公司-- 基金名称

三年评级：3星以上（包括3星）3星以下 评级日期：2021-06-30

五年评级：3星以上（包括3星）3星以下

基金组别：开放式 封闭式 QDII ETF

基金分类：普通股票型 行业股票-医药 行业股票-科技、传媒及通讯 行业股票-消费 行业股票-金融地产 行业股票-其它 沪港深股票 香港股票 积极配置 灵活配置 标准混合 保守混合 行业混合-消费 行业混合-医药 行业混合-科技、传媒及通讯 沪港深灵活配置 沪港深积极配置 沪港深保守混合 目标日期 可转债 积极债券 普通债券 纯债型 利率债 信用债 短债型 货币基金 市场中性 商品-贵金属 商品-其它 其它

更多筛选条件>>

查询

快照 业绩和风险 投资组合 购买信息 加入观察 取消观察 组合透视 基金对比

| | 代码 | 基金名称 | 基金分类 | 晨星评级(三年) | 晨星评级(五年) | 净值日期 | 单位净值(元) | 净值日变动(元) | 今年以来回报(%) |
|---|---|---|---|---|---|---|---|---|---|
| 1 | 000828 | 泰达宏利转型机遇股票A | 普通股票型 | ★★★★★ | ★★★★★ | 2021-08-20 | 3.5630 | 0.0000 | 57.93 |
| 2 | 001643 | 汇丰晋信智造先锋股票A | 普通股票型 | ★★★★★ | ★★★★★ | 2021-08-20 | 4.0769 | -0.0005 | 34.85 |
| 3 | 001644 | 汇丰晋信智造先锋股票C | 普通股票型 | ★★★★★ | ★★★★★ | 2021-08-20 | 3.9625 | -0.0006 | 34.42 |
| 4 | 001245 | 工银生态环境股票 | 普通股票型 | ★★★★★ | ★★★★☆ | 2021-08-20 | 2.6530 | 0.0250 | 48.30 |
| 5 | 002168 | 嘉实智能汽车股票 | 普通股票型 | ★★★★★ | ★★★★★ | 2021-08-20 | 4.4430 | -0.0030 | 23.52 |
| 6 | 001616 | 嘉实环保低碳股票 | 普通股票型 | ★★★★★ | ★★★★★ | 2021-08-20 | 4.0780 | -0.0100 | 19.66 |
| 7 | 001410 | 信达澳银新能源产业股票 | 普通股票型 | ★★★★★ | ★★★★★ | 2021-08-20 | 5.1380 | 0.0060 | 39.24 |
| 8 | 000409 | 鹏华环保产业股票 | 普通股票型 | ★★★★★ | ★★★★★ | 2021-08-20 | 5.5280 | 0.0300 | 32.60 |
| 9 | 001476 | 中银智能制造股票A | 普通股票型 | ★★★★★ | ★★★★☆ | 2021-08-20 | 2.1110 | 0.0040 | 31.12 |
| 10 | 001054 | 工银新金融股票A | 普通股票型 | ★★★★★ | ★★★★★ | 2021-08-20 | 3.2510 | -0.0240 | 21.67 |

图3　晨星网基金筛选结果示例

“第二个工具是好买基金网。

“晨星网是一个基金评级系统，对于小白投资者来讲，仅仅依靠这个评级系统还不够，因为买基金更多是买基金经理，如何去选择一个厉害的基金经理更为重要，而好买基金网就有这个功能。该网站的浏览体验不错，同时自带基金经理评分系统，可以更为直观地判断基金经理的整体素质。下面，就以‘国泰智能汽车股票A’这只基金为例，在搜索框输入基金名称。（见图4）

图4　好买基金网搜索栏

“在跳转后的详情页面，主要看两个数据。

“其一，基金经理在该岗位任职年限及从业回报。

“搜索基金经理，可以看到下面的信息。（见图5）

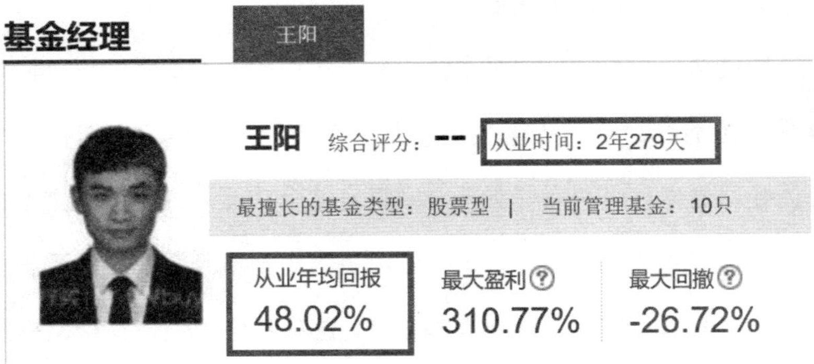


图5 好买基金网基金经理信息

“我们可以看到，国泰智能汽车股票A的基金经理王阳在该基金的任职年限已达2年279天以上，且从业年平均回报达到48.02%。这样的成绩算是非常优秀的了。由于智能汽车属于新兴行业，这几年刚刚开始发展，所以看起来王阳任职时间不长，但就这个行业而言，这个任职年限算比较长的了。一般来说，基金经理在一只基金任职越久，操作风格越稳定，历史业绩也就越具有参考意义。所以，实操中应尽量选择在目标基金稳定任职3年以上的基金经理。

“其二，基金的历史表现。

“接下来，再通过四分位排名，进一步查看基金表现。（见图6）

基金明细　基金概况　业绩排名

| 基金简称 | 基金类型 | 规模(亿元) | 任职时间 | 最大回撤 | 任职回报 | 同类平均 | 同类排名 | 操作 |
|---|---|---|---|---|---|---|---|---|
| 国泰智能装备股票A | 股票型 | 13.69 | 2年283天 | -24.65% | 214.64% | 55.15% | 67/2438 | 购买 +自选 |
| 国泰智能汽车股票A | 股票型 | 105.50 | 2年8天 | -26.72% | 284.02% | 43.46% | 8/2434 | 购买 +自选 |
| 国泰价值精选混合A | 混合型 | 6.32 | 2年8天 | -17.87% | 94.83% | 45.54% | 923/5598 | 购买 +自选 |
| 国泰智能装备股票C | 股票型 | 5.08 | 0年209天 | -24.58% | 7.63% | -2.59% | 446/2316 | 购买 +自选 |
| 国泰智能汽车股票C | 股票型 | 4.34 | 0年209天 | -25.56% | 17.96% | -2.59% | 169/2316 | 购买 +自选 |
| 国泰价值精选混合C | 混合型 | 0.01 | 0年207天 | -17.94% | -10.93% | 0.46% | 4760/5502 | 购买 +自选 |
| 国泰价值先锋股票C | 股票型 | 0.81 | 0年166天 | -7.85% | 2.02% | 8.03% | 1312/2313 | 购买 +自选 |
| 国泰价值先锋股票A | 股票型 | 15.03 | 0年166天 | -7.84% | 2.39% | 8.03% | 1287/2313 | 购买 +自选 |
| 国泰价值领航股票A | 股票型 | -- | -- | -- | -- | -- | -- | 购买 +自选 |
| 国泰价值领航股票C | 股票型 | -- | -- | -- | -- | -- | -- | 购买 +自选 |

图6 国泰智能汽车股票A历史表现

“通过四分位排名对照显而易见，国泰智能汽车股票A的历史业绩非常优秀，尤其是近3年的排名为第40名。投资者应看相对长期限的排名表现，主要就是要检验基金经理的长期操作能力，因为短期的波动，可能有其他因素干扰，但是长期排名，看的就是基金经理的管理能力，这样就排除了其他一些因素的干扰。”

这次见面，张瑶真是大开眼界。不但学到了很多专业知识，也对李磊有了更加深入的了解。

回到家之后，张瑶赶紧分别给晓迪和张丽回了电话，并如实告知了自己的感情状况。末了，她还告诉两位姐妹，自己的准老公，差不多选好了。

晓迪和张丽也为张瑶找到好的归宿而感到高兴。

第二天，张瑶根据李磊讲授的基金投资技巧，选购了几只指数基金，这几只基金都是市场上排名靠前的公募基金。购买后没多久，手里的基金纷纷上涨了。

张瑶很高兴，特地向李磊报喜，可是李磊却说：“按照定投的原理，如果正好赶上牛市，应该是早早止盈，但是我看未来你买的基金产品还会涨，所以最好加些仓就等着上涨吧，不要盈利了就马上赎回。”

看着账户上的收益在上涨，张瑶有些害怕回撤，于是抛了一些，没想到过了一段时间，卖掉的产品涨得更猛了。

她如实告诉了李磊，李磊取笑她说：“你看嘛，不听老人言，吃亏在眼前。”

随着两人聊得多了，张瑶才知道，李磊尽管是一家公募基金的基金经理，管理着几百亿元的资产，但并不像媒体上说的什么年薪几百万元甚至上千万元那么夸张，李磊的年薪也就100多万元，除了税收和各种费用以外，实际拿到手的只有几十万元。

李磊还老实告诉张瑶，自己属于离异人士，1年前离的婚，婚内买的房子给了前妻，目前刚刚登记购买了一套房子，每月的月供就要上万元。

李磊说，自己来自农村家庭，当年以当地高考第一名的成绩考入北京一所985大学的理论物理专业，硕士毕业后，歪打正着进入基金公司，从研究员做起，历经基金经理助理，直至基金经理，这一路走来非常不容易，完全是靠毅力和坚韧闯过来的，尤其是经历了熊市的煎熬、看错方向的自责、业绩垫底的焦虑和基民的谩骂以后，他才有了现在对基金的深刻理解。

对于李磊离过婚这件事，张瑶倒是没有太多的想法。毕竟，自己年纪也不小了，而且对方也没有孩子，这样两人相处起来，也就不会有太多障碍。

渐渐熟悉后，两人的交谈也更加深入。

有一次，张瑶问李磊，基金经理最难过的是什么时候。他说："是路演，就是发产品的时候，那时会有很多'金主'对他的新产品定位、投资思路、投资战略、投资行业、宏观经济分析等方面进行发问，这些所谓的'金主'，其实就是机构投资者，包括一些保险公司、信托公司、私募基金、养老基金和企业的财务总监等，他们会问很多刁钻的问题，为了妥善应对，基金经理有时候会接连几天几夜不休息，业内把这种情况叫'跪钱'，稍有不慎，新产品无人认购，就发不出去了，所以说，基金经理也不好当。"

张瑶心想，此前只是看到基金经理光鲜的一面，现在才知道这个群体也不容易，同样有自己的苦恼。

经过一段时间的接触后，张瑶被李磊的才华和能力所折服。尤其是，他身上体现的钻研精神和坚韧个性让她着迷。

两人终于确定了关系，还见了双方家长，然后就登记并旅行结婚去了。两人连结婚仪式都没办，李磊是不想办，感觉没什么必要，张瑶也不看重这个，她打趣说："这么多年参加过的婚礼仪式太多了，感觉基本都是受罪，而且婚礼也不能保证婚姻一定稳定和幸福。"两人意见一致，都认为花那么大的精力去筹备婚礼给别人看，不如痛痛快快地玩一圈来得过瘾。

婚房就用李磊离婚后新登记的那套房子。两人商量了一下，把房子好好装修了一番，感觉很好看、很舒服。

拿到结婚证的当天晚上，张瑶躺在婚床上，眼里的泪水慢慢流了下来。她很感谢上天，能在这个年龄，相亲多次后，遇到李磊，给了她一个家。

张瑶翻过身，抱着李磊，忍不住哭出声来。

"老公，谢谢你，我们的美好新生活是不是就要开始了？"

"是的，老婆。要开始了，我会努力赚钱，让你做天下最幸福的妻子！"

"嗯嗯，我相信你！"

# Part 36

# 别人家的孩子

刘琳是北京人，从小就是一个“别人家的孩子”，她聪明、懂事、自制力强，不管在哪里表现都很优秀，小学、中学上的都是重点学校，还有音乐方面的天赋，早在小学时就拿下了钢琴八级。考大学时，刘琳本来是想考音乐学院的，但是爸爸认为音乐这个专业在社会上的需求太少，将来的生存压力会很大。所以，最后她还是放弃了自己喜欢的专业，考上了北京市一所全国排名前十的大学的中文专业。那几年，正是各种国产电视剧火爆的年代，刘琳觉得，中文系毕业后可以去写剧本。

4年大学读完，然后又读了硕士研究生，此时，刘琳才发现剧本并没有想象的那么好写，从小就有的作家梦早已忘得一干二净，只能走上了求职的道路。

最终，刘琳凭着自己的才华和认真努力，加上父亲托朋友帮忙，进了一个行业协会工作。当时，这个行业协会还是某国家部委下属的一个部门，旱涝保收，而且工作没什么压力，上班很清闲。因为背靠部委，全国范围内的大小企业都认，两头占便宜，一头占着政府的权威，另一头占着市场的灵活，所以当时很多人都是挤破头往里冲。最初的几年，刘琳确实过得挺舒服。不过几年后，风向变了，政府开始精简机构，首先就是要把各种行业协会从政府部门中剥离出来，转变成为市场化的主体，自此，包括刘琳所在单位在内的各种行业协会就逐渐走下坡路了。

不过，尽管大家都说继续待在行业协会里没有前途，但真正下定决心走出去的人却很少，这就好像温水煮青蛙，眼看着企业职员和公务员已经都涨工资了，而自己的工资不升反跌，虽然心里很是不平衡，但转念一想，毕竟行业协会还是发得起工资的，所以大多数人还是选择了留守，真正敢冒险折腾的人还是少数。

刘琳当时的情况很特殊，因为刚刚结婚，正准备生孩子，虽然那时单位已经不景气了，但福利还过得去，所以她就想，等到孩子出生再说吧。可是等到孩子出生后，马上又要抚育孩子，照顾家庭，又让她几年脱不开身。

刘琳的单位虽然工资不高，但也管得不严，给了刘琳很多照顾。一直到孩子上小学后，刘琳才再次正式回到单位上班，可是这时的单位已越发不景气了，刘琳拿到手的工资甚至比她雇用的保姆工资还低。

这让刘琳很不爽，她心想，与其这样，还不如自己带孩子呢。于是，一气之下干脆辞职不干了，在家做全职妈妈。

# Part 37

## 行长老公出轨

刘琳的老公是她读研究生时的同学，比她高一年级，两人是一个专业的。她老公的家庭条件很不错，父母都是国企高管，有钱、有地位，她老公那时也是学校的风云人物，人长得帅，出手大方，嘴巴甜，很有公子哥儿的样子，深受女孩子喜欢。

最初，刘琳虽然也听人说过这位师哥的诸多风流韵事，可是一方面她很喜欢师哥帅帅和坏坏的样子，另一方面又招架不住师哥的强大爱情攻势，所以，最终还是陷入了情海。

两人研究生毕业后，先后都回了北京，男朋友家里在北京已经提前给他们准备好了婚房。双方父母见了面之后，刘琳的父母一度感觉有点不踏实，主要是觉得男方家庭条件太好了，怕刘琳将来会吃亏，但是两个年轻人都坚定地表示不管怎样，都要在一起，刘琳的父母也只能点头答应。

其实，刘琳当时并不在意师哥的家庭条件，毕竟自己家也不差，让她更加倾心的是对方的上进心和拼搏精神，那时在刘琳的眼里，他简直就是一个完美男人。

至于男朋友很有异性缘这方面，刘琳也很有自信，因为她从高中开始，再到大学，同样也有很多人追求，只是因为家教严格，自己也眼光颇高，才一直没有谈恋爱，直到读了研究生，遇见师哥，她才芳心暗许。刘琳相信自己足够优秀，绝对配得上男朋友。

男朋友的家里给他们准备的婚房是一套市中心高档社区的复式公寓，旁边还有一个很大的公园，两人的婚礼办得很是隆重，一时成为亲朋好友间茶余饭后的谈资。

尽管刘琳是北京女孩，见过大世面，那时的她，内心里对自己的婚姻还是很满意的。

不过，婚后两人不同的职业选择决定了他们不同的发展道路。刘琳去了行业协会，一路走来尽是下坡路。她的老公去了一家国有银行，却是步步高升。

刘琳的老公先是在银行基层的网点做房地产贷款，那段时间北京周边的房地产市场如火如荼，房价噌噌上蹿。虽然工作累点，但是业绩太好做了。第二年，因为业绩优秀，他被评为了优秀员工，第三年就被提升为销售组总监，第四年又提升为市场部总监，第六年就做到了支行副行长，随后顺理成章地成为支行行长。

她老公那几年非常忙，到处应酬宴请，早出晚归。最开始，他对家庭是非常有责任的，从没有传出过什么绯闻，而且对孩子也非常好，无论多晚回来，他都要第一时间去看看熟睡中的孩子。无论多早去上班，也要看看孩子才出门，平时一旦有空就陪孩子在小区玩。刘琳每每看着这父女俩，就觉得这可能就是所谓的幸福吧。

但是在两人结婚后第八年，刘琳突然发现老公竟然出轨了。

出轨对象是她老公单位的一个年轻女孩子，人长得清纯、漂亮。有一次，刘琳跟老公参加他们单位的团建，也见过这个女孩子，她当时随口对老公说了一句，这女孩子好漂亮啊。现在想想，自己真是太草率了。

刘琳发现老公出轨的过程也很偶然。那时，正是她全职在家辛苦带孩子的时候。有一天，她老公说，要去上海出差一周。因为她老公经常出差，刘琳也觉得稀松平常。但是这次，女儿要求看看爸爸坐的大飞机，却被爸爸拒绝了，而且整整一天，电话不接，视频通话也不接。刘琳心生怀疑，就去她老公单位侧面打听，这才知道，原来她老公早就和那个小女孩好上了。有很多次，他借口出差，其实是两人在全国各地旅行。这一次，两人倒是没有出门旅行，其实就在离本市不远的一个景区酒店里。

回想起之前老公回家后和自己温存的种种画面，刘琳感到一阵恶心，有一种想吐的感觉。

刘琳想对老公实施惩罚。但她冷静下来后，觉得这样做解决不了问题。她决定跟老公深谈一次。

她老公似乎早有准备，只是平静地坦白说，其实，我已经很对得起你了，前几年基本都坚守了一个男人应该有的品质，没有在外面拈花惹草，辛苦赚钱养家，但其实这是压抑了我的本性的。

他说，有不少女孩子都喜欢我，给我发情书，邀请我去国外玩，我都拒绝了。现在我们夫妻的关系的确是太平淡了，一点意思也没有，家庭也很稳定，我就忍不住有了其他幻想，而且这个女孩子也实在是太优秀了，所以就……

别说了，我想吐！刘琳打断了丈夫的辩解。在她看来，丈夫似乎不是辩解，而是显摆。她觉得这种谈话已经没有意义，该来的还是会来。

为了表达歉意，她老公又开始下厨做饭，接送孩子，陪孩子在小区里玩，带孩子到郊区玩，出差也少了，甚至晚上给刘琳端洗脚水。

但刘琳始终过不去这道坎，她想到了离婚。她也知道自己老公确实有很多优点，他的长相和性格都是自己喜欢的。她从前也很依赖他、崇拜他。她老公的工作能力强、赚钱能力强，但工资上交，绝大部分钱都花在家里，给她和孩子提供了优越的生活。

刘琳想象得到，如果她现在离婚了，老公肯定会很快跟那个女同事结婚，自己则可能很难再婚了。30多岁的单亲妈妈，工资收入都不够交房贷，孩子还要生长在单亲家庭，孩子未来的教育开支也不知道自己能不能承担，这些都是她要面对的现实问题。

不过，刘琳慎重考虑后还是决定离婚，她一向是高傲的，从小到大，她很少受人欺负，她觉得，老公出轨，是对自己最大的欺负。她相信，未来任何生活上的艰难她都可以承受，但心灵上的侮辱是她承受不了的。

她老公知道刘琳的决定后，也试图挽回，但几次努力都没有成功。这个男人最后只好说："如果你一定要离婚，毕竟犯错的人是我，那我净身出户，把所有的家产都留给你和孩子。"

从感情上来说，刘琳是个婚姻的失败者。但从经济上讲，刘琳一下子就成了一个富婆。

# *Part 38*

# 保险销售员

离婚后，从财产情况看，刘琳在市区和郊区各有一套房子，还有一辆宝马7系，房子、车子均无银行贷款，两套房子一套出租，另一套自住，房子出租每月租金15000元，年收入18万元。另外，有约300万元的定期存款，每年到手利息约10万元。两项相加，每年的固定收入大概是28万元。

生活方面，刘琳的女儿很乖巧，在一所市公立小学读书。刘琳父母的身体都很好，有退休金，所以刘琳的养老压力不大。考虑到未来，刘琳认为就算未来女儿出嫁，市中心的房子那时虽然旧了点，也是可以做嫁妆的，不行的话还可以卖掉换套新的，稍远点也没啥问题，不算寒碜。而当下每年28万元的收入，她和女儿的生活开支及女儿的教育开支基本够用了。

但是刘琳还是有些焦虑，因为她觉得，房子和存款这些财产不见得永远可靠，如果自己没有其他收入，只是在家吃利息，那和前些年的生活也没什么两样，而她已经吃过这种亏了，她想，自己现在还不到40岁，还算年富力强，不能就这么待着。

于是，她开始到处投简历，可是她的职业背景和专业，在人才市场上一点优势都没有，唯一能干的好像就是继续做行政，但是做行政一般人家要的都是小姑娘，不会要她这个年纪的。

刘琳投了3个月的简历，面试了一轮又一轮，每一次都坚持化妆打扮，穿上庄重的职业套装，配上高跟鞋，拿上手提包。就算高跟鞋经常把脚磨破磨肿，职业套装总是把她捂出一身臭汗，面试官的问题无比无聊，她也没有轻易放弃。可让人难以忍受的是，所有的面试官都只是让她耐心等待，而所有的等待，最后都是石沉大海。

这种日子过了半年以后，她有种抓狂的感觉。

刘琳在找工作的过程中，无意混进了一个圈子，叫“产后硬核妇女”，这是在一次面试等待的过程中，和另一个中年女性聊天时知道的新名词。这个词儿就是专门形容那些生完孩子几年后，还想进入职场的妈妈。大家同样的感受就是特别难。

在“产后硬核妇女”圈中混迹了一段时间后，刘琳发现，产后妈妈们想再次成功进入职场，一般是四种人。第一种是本身就是公务员或者事业单位的，生完孩子后，享受了完备的生育保险和生育假期，然后安心地再回单位，无阻无挡。第二种是背景资源特别厚实的，可以仰仗家里做政府高官或者公司高管的亲人，给安排工作。第三种是专业特别好，生育前就已经是有所建树的稀缺人才，人家才不挑剔。第四种是像刘琳这样，只是一般普通人，想要在生育后再次进入职场，找到合适的工作，可以说是非常难的。

这个道理也很简单，因为在这些妈妈们停止前进脚步的时候，一波又一波新毕业的女孩子正在源源不断地进入职场，这些年轻女孩子工资低、有活力、思维灵活，还听话，无牵无挂，可以全身心地投入工作，相比育后妇女，她们的优势太大了。

在“产后硬核妇女”圈里，刘琳发现，很多出来找工作的女人要么离异，要么分居，她们几乎什么活儿都做，比如做健身教练、做家教、做滴滴司机、做外卖员、卖保险、做房产中介、卖私募产品、做P2P（互联网金融点对点借贷平台）销售员等，她们虽然艰难，但也是一个很有活力的群体。

当然，这其中也有人挣扎一番后，实在混不下去，于是过起了“躺平”的日子。比如，不出门、不买新衣服、不接触外界、吃简单的食物、很少接触社会、一年只消费一两万元。刘琳就见到过其中一个，这个女人离婚后，孩子跟了老公，自己独自一人居住，也许是离婚后心情不好，她很少跟外界接触，结果不到一年，整个人的形象都变了，皮肤也变得很差，偶尔出门一次，就像从地下走出来似的，散发出一股阴气，而看她以前的照片，年轻时也是一个很阳光的美人。刘琳暗暗告诫自己，千万不要变得和她一样。

万般无奈之下，刘琳选择了做保险销售，这也是退而求其次的选择。她告诉自己，不一定要一直做这行，主要的考虑是这个行业进去后会进行一个比较系统的培训，一方面是销售方面的培训，另一方面是保险金融方面的培训，她认为自己非常需要了解这些东西。

其实，这几年保险销售已经越来越难做了，毕竟前几轮保险销售热潮已经过去了。前几年，随着国家经济的强劲增长和国民个人收入的提高，特别是很多人拥有了房子和车子之后，大家的保障意识也越来越强了，所以，那几年投资型保险、保障型保险都增长很快，但是近几年这种需求已经基本得到满足，保险销售难度较大。

刘琳管不了那么多了，每天都参加培训。培训的过程很辛苦，是全封闭式的，需要做很多笔记，两周下来，把刘琳累个半死。经过考核以后，他们这批新学员就要开始卖保险了。

就刘琳自己而言，她通过保险培训，不仅学习了保险的知识，还了解到自己也非常需要买保险，来保障自己和家庭成员的未来生活，这也是她这次参加保险培训的一大收获。

最近几年，监管部门对保险公司的监管是越来越严了，老百姓也逐渐增长了见识，对那些成本高、风险大、理赔困难的保险公司和保险险种已经有了很深刻的认识，保险销售员再也不能像以前那样，从自己身边的亲戚、朋友、同学下手了，所以，刘琳这批保险销售员可以说是在保险市场的低潮中，开始了自己的职业生涯。

刘琳所在的保险公司主打的是健康险，销售区域重点在医院，那里的患者和医生都是潜在的客户，特别是很多医生，见多了因病返贫的情况，而且他们普遍财务状况又比较好，所以参保率和续保率都很高，但是刘琳跑了好几家医院，敲过了几百扇门后，却一单也没卖掉，这时她才意识到，这个工作真的是不好干。

# Part 39

# 女硕士的滴滴生涯

好在刘琳学到了一些保险知识，时间也不算白费。她盘算了一下，自己还能干的活儿有以下几种：

第一个选择，开滴滴车。每天趁女儿上学时，出去开几个小时的滴滴车。反正自己的车牌是京牌，还是豪车，做个专车司机也不错。

第二个选择，送外卖。但是最终放弃了，因为她觉得骑电动车赶路比较危险，自己的时间和体力可能不够用。

第三个选择，去超市兼职。可是这项工作收入并不高，还很占用时间，她怕没时间照顾女儿。

第四个选择，去饭馆做服务员。她发现这方面的需求倒是挺多的，家附近的餐馆几乎常年都在招人，月薪也还不错，但是考虑到附近这么多熟人、朋友和亲戚，她还是有点拉不下这个面子。

第五个选择，做家教。她自信自己的小学和中学功课相当扎实，当年在学校里也算是学霸，教个把小孩子应该不成问题。可是家教也常常需要晚上工作，这又会导致她没时间照顾女儿，所以也不太合适。

第六个选择，专心学习两年，考一些含金量高的证书，比如，会计师证、律师证、金融分析师证等，然后再出来找工作，但这个想法缓不济急，也不太符合她现在的需求。

思来想去，刘琳最后还是决定先做滴滴司机。最起码，这个职业相对自由，自己可以灵活安排工作时间，还能跟社会上的各色人等打打交道，保证自己不会脱离社会。

干了几个月之后，刘琳发现，其实自己还挺喜欢滴滴司机这个职业的，工作和休息时间完全自由安排。通过这个职业，她发现了许多自己以前根本没有注意过的人生百态。

比如，凌晨才下班的夜店服务员，喝得酩酊大醉回不了家的企业老板，为情所困的女白领，当然也包括得了重病后离家出走的大男人。一段时间下来，刘琳对生活又有了许多新的感悟。

跑滴滴车的时候，她认识了一位叫文涛的银行行长，这个男人四十出头的样子，常常穿一身运动服，搭配运动鞋，看起来有点偏瘦，还不显老。

这个人碰巧坐过几次刘琳的车，慢慢熟悉后，刘琳发现，这个男人竟和自己是一个小区的，于是两人干脆约定，以后只要加班，就让刘琳来接他。这样一来，他省去了找车的麻烦，刘琳也近乎有了一份固定收入，而且两个人都觉得安全。有时，就这样干坐着挺尴尬，两人也闲聊一些话题。这时，刘琳才知道，原来他也离婚好几年了，前妻留下一个小儿子和他在一起生活，他因为经常忙于工作，所以就雇了一个保姆和孩子他奶奶一起带孩子。

晚上散步时，他们两家也在小区内碰见过，刘琳还让女儿和文涛的儿子打招呼，两个小家伙年龄相仿，认识以后，在一起玩得也很好。

已经学习过保险知识的刘琳，这时候对各种理财手段都很感兴趣，有时候一想到自己的银行账户上趴着好几百万现金在默默缩水，她还是很不甘心的。和文涛熟悉后，她心想，既然文涛是银行行长，总可以帮她出点主意吧！

“你是行长，该懂得基金吧，你们银行的理财产品我觉得收益太低了，你给我推荐几只基金赚点钱呗，你看我一个女人开网约车多累啊。”一次，在接文涛回家的路上，刘琳试探着问了问。

“开网约车不好吗？我还想过几年出来开网约车呢。”文涛随口答道。

“别贫啊，我说正事儿呢。”刘琳正色说道。

文涛也跟着正经说道：“买基金，最好是搞定投。”

“那买什么基金呢？”刘琳追问。

“我不能就这样告诉你发财秘籍啊，起码也要请我喝杯咖啡吧。”文涛开起了玩笑。

“哈哈哈，好好，没问题，你定时间地点，我请你喝最好的咖啡。”刘琳一听有门儿，赶紧答应下来。

文涛没有继续开玩笑，而是认真地说道：“投资基金其实跟你把钱投资给一家企业一样，最终要赚钱，还是靠企业的发展和赢利。当然，投资基金没有这么直接，因为基金是投好多企业，而且是别人代替你去投，价格还是股市上交易产生的。

“股市的交易因为投资人太多，受宏观经济、货币政策、监管政策、国际市场等复杂因素影响，短期波动很大。所以你想要投资基金，一定要做长期打算。至少拿个三到五年，达到你的目的，你才能退出来，短期赚钱的可能性很小。

“基金的门类很多，如果是股票基金，其实就是你把钱交给专业人士，让他们去帮你买股票，而不是自己买股票，专业的事情让专业的人去做，一般都会做得比自己好，这一点是毫无疑问的。

“对于非专业人士，如大多数职场白领或者有钱的人来说，投资基金是最好的，当然也要花点时间，并最好用自己的闲钱来投资。”

刘琳说：“这一点我也了解，但是基金太多了，不知道怎么挑选，有些基金收益较好，有些基金一年赚几倍，也有些基金是巨亏的，所以都说买基金买基金，但是真正下定决心要买了，在几千只基金面前，就是老虎吃天——无处下爪啊。”

文涛哈哈笑了，说：“对于一般散户而言，其实不要考虑太多，就是基金的基本知识也很复杂，掌握起来也不容易。买基金主要是看基金经理的业绩，以及基金公司的规模、以前的业绩和成立时间多久，尽量选择基金经理操作比较久、基金公司成立时间比较长的。

“其他的尽量少管，还是交给时间，因为投资的确有风险，都是要承担的，基金相对风险最小、回报却较大，把握这一点就够了。

“我作为一个金融从业者，真诚地、毫无私心地推荐定投，定投真的是很好的投资工具。我先不说复利的魅力，最关键的是强制储蓄，尤其适合对投资一无所知、财务收入一般、进入职场不久的年轻白领，每月投入两三千元或者三五千元，长期坚持，后期就会取得很好的收获。”文涛很认真地说。

“现在大多数城市小白领的状态都是在大城市举目无亲，每月拿个一万元左右的工资，到月底花光，其中大多都给了房东，然后还不知道未来在哪里。”

刘琳以前听银行的柜台人员给她讲过，但她就理解成了定期定额存款了，经过文涛这么一讲，听出了其中的门道。

文涛又举了个例子：

假如某人一个月的收入是10000元，每个月拿出其中的3000元做定投，通过年化收益20%的基金投资10年，就可能有72000元的获利，这个收益是相当可观的。

定投能够赚钱的原理是，首先要选择波动大的基金定投，因为波动大的基金一般是风险较高，而定投是逐步摊薄成本的，正好对抗波动，所谓风险越大，收益也越高，波动大的基金正是定投的标的。

其次，定投的最高指导原则是止盈不止损，就是在没有达到你的投资目标的情况下，一定要坚持，越亏越买，直到赚钱，赚钱也要买，等达到你的目标收益率再全部赎回。

然后可以选择定投另一只基金，以前定投的基金继续扣款，这样你的定投基金就会比较多，当然你还可以选择继续定投那只基金，不过，多投基金可以分散风险。

买股票和基金都要选对时间点，最好选择在低位时买，所谓低买高卖，但择时一般是很难的，你很难判断什么时候是最低点。

但是定投不用选择时间点，它本来就是摊薄成本的，定投的时候，大多是高位买得少，低位买得多，当然你如果正好在低位了，那可能很快实现投资目的，就直接赎回了。

定投的关键要领是长线投资，而不是短线投资。所以做基金定投的人很多时候希望基金净值跌下来，跌了才能买到满意的标的和更多的份额，等行情涨起来，赚的才会多。

他说：“为什么会有这样的结果呢？这里的秘密就是所谓的‘微笑曲线’，这是定投的基本法则。‘微笑曲线’是投资界常见的一个图，就是先下跌然后缓慢上涨，是一个‘V’形图，两边是对称的。”

不过，定投不一定要经过完整的“微笑曲线”，因为市场的走势是不规则的，如果熊市时间足够长，你的成本足够低，市场不必涨到原来的起点位置，只需要上涨一些，你就可以有丰厚的收益。

其实，定投的核心原理就是摊薄成本，市场越是熊市，基金净值越回撤，你越坚持定投，你的成本就越低。一旦基金净值后面涨上来，你获利就越丰厚。

不过，以上的解释其实是一种理想状态，仔细思考，定投的关键是价值投资，就是一定要找到好的公司，最起码也不能太差，否则，你一直定投，最后它退市了，一切也就归零了，怎么办？价值投资的要义是长期投资，没有三五年以上，想要盈利也难，更为重要的是熊市入场，然后直到牛市获利，所以也要选择时点。

定投考验的还是人性，人性就是害怕亏损尤其是长期亏损，长期看着自己的钱亏下去而无动于衷，这样的人是很少的。没有一个人看着自己的账户一天天亏损，内心能毫无波澜的。

基金公司营销，都是以“微笑曲线”说事儿，“微笑曲线”最吸引人的是刚开始都是向下的，然后越跌越买，最后市场上涨，就获利了。

现在你知道了，要形成基金定投的“微笑曲线”需要经历四个阶段：开始→亏损→收益→最终收获。最重要的是摊薄成本，前提是要“越跌越买”并且坚持“定期不定额”，即使在熊市中，通过定投也可以使自己的筹码越来越便宜，但是请注意，这个越来越便宜是针对你拿到的第一笔筹码价格而言。总之一句话：指数不必回到定投的起始点，就已经回本进入盈利状态。

然而，市场是很难预测的，假如你投资的时候正好是低点，此后市场或者基金净值就开始上涨，涨了一段它又跌了，那么你是否应该终止定投来止盈？盈利多少才止盈？这就要求你对未来大盘有所判断，不能随意定投。

一般而言，我们也要视情况而定，如果市场下跌，我们保持定投，越跌越买，等待市场上涨的“微笑曲线”。

但是正好买在牛市了，市场长期上涨，这时候，就应该调整策略，越涨买得越少；如果指数或者净值已经在高位，超出了自己的预期或者市场的估值过高，则按照自己设定的盈利目标，止盈卖出。

当然，“微笑曲线”也不一定是3～5年形成，或者1年后形成，未来是不可预测的，它也可能7年后、10年后才形成。

定投还有一个特点，就是你越是在下跌的时候买入，你投资的基金的净值波动将会大幅减轻，因为你通过定投，让整体仓位的成本大体上跟大盘的均值或者基金净值的均值相一致，也就是你通过定投，逐渐绑定了价值，摆脱了价格的短期波动。

当然，当你的定投基金净值没有大起大落，并且在逐渐趋于稳定的时候，你的心态就会变得更加平和、淡定，你不用特别关注每日大盘或者个股的涨跌。这就使你摆脱了投机思维，锁定长期收益，变得更加沉稳。

听了文涛的介绍，刘琳对基金定投懂了不少，但她还想知道更多的相关知识。

# Part 40
# 指数基金最省心

看着刘琳期待的眼神，文涛笑了，继续说道："你肯定还要问，到底定投指数型基金好呢？还是主动型基金好呢？我们就来看看这两种基金到底是怎么回事。"

文涛解释说："指数型基金通常又称为被动型基金，一般选取特定的指数作为跟踪对象，试图复制指数的表现，来获得市场平均收益。换言之，指数是怎样的涨幅，基金就是怎样的涨幅；反之亦然。基金经理相当于一个复制粘贴工，不用太考虑公司价值和市场未来。

"指数型基金分为场内和场外。场内就是我们所能接触到的股票市场，即'二级市场'。场外是指股市之外，从银行、券商、基金公司等渠道购买基金。

"主动型基金的核心是基金经理，投资者更多是基于一种对基金公司和基金经理的信任才买入基金的。这种信任的建立，在很大程度上又是通过过往业绩来形成的。然而，这种信任是脆弱的，当投资者面对基金下跌时，就会把情绪发泄到曾经'信赖'的基金经理身上。过往的很多很牛的基金经理也有'牛'失前蹄的时候，历史只是代表过去，对于未来只能是参考，所以对于基金经理的判断，有时候也是有很高风险的，运气的成分比较高。

“主动型基金的收益完全取决于基金经理的操作，基金经理判断某个行业某只股票未来会上涨，就会买那只股票；判断某个行业某只股票未来价格要跌，就会抛掉那只股票。其收益是看过去的业绩，因为你不可能知道未来的收益。”

文涛还给刘琳推荐了一只定投指数型基金。他说：“一般来讲，定投被动型基金，最好在3年以上，如果正好买在牛市的起点上，也一般不超过1年，达到自己的预期就可以抛售掉了。根据止盈方法的不同，这个周期至少也得1年左右，对于定投者来说，追求的是在漫长的等待中，享受20%的时间带来的80%的上涨。

“看出来了吧，大多数投资，比如买股票，主要是止损，很少有人说过止盈，这一点反映了定投方法的本质就是价值投资，因为你的投资赢利的来源来自时间和价值，如果超过一定的价格范围，你的成本会更高，价值就难以实现，这也从某一个方面说明了定投投资方法的合理性。

“当然了，对于何时止盈，做这个判断是很难的。中国的股市属于波动非常大的新兴市场，波动才是最大的特点，如果你在牛市时期不止盈，一旦它开始调整，你的浮盈马上会变成浮亏，而且牛短熊长，所以一定要抓住止盈的这个关键环节。

“为什么止盈是最重要的呢？老话说得好，‘会买的是徒弟，会卖的是师傅’。因为我们投资的目的是赚钱，如果只是账面上的浮盈，加上中国股市周期性较强，没有及时止盈的话，在一轮牛熊转换过程中，则很有可能变成亏损，就像来回坐电梯，白忙活一场。”

刘琳觉得运气不错，虽然出来开滴滴车蛮辛苦，却没想到竟然遇到了文涛这样的金融专家，让自己对投资理财有了更多认识。回想从前，虽然前夫也是银行行长，可他从来不和自己说工作上的事情，更别提谈投资理财了。当然了，这也不能全怪他，那几年，自己从来没有学习投资理财知识的需求，总觉得有一个会赚钱的老公就够了。谁又能想到，舒适的家一夜之间就垮塌了。

想到这里，刘琳感到有一些伤感。

# Part 41

# 基金定投必须懂得止盈

文涛是职场老手，一看刘琳的表情，知道她可能是想起什么伤心的往事了，于是关切地说道：“看样子，你身体不舒服，要不，我把你送回家吧，我们下次再讲其他的知识。”

“不不，我没事。”刘琳自知失态，赶紧说道：“我还想听听如何卖基金的一些技巧呢。”

既然刘琳坚持想听，文涛干脆好人做到底，就继续说道：“想要在合适的时机卖出基金，我们首先要设置投资收益目标，每当我们有一个定投的计划，就要设置一个目标收益。比如，把30%作为目标收益率，那么就把30%作为止盈点，当持有基金的累计收益率达到30%时就清仓。

“当然了，止盈目标是不固定的，按照你自己对市场的判断，可以设置成20%、30%、50%或者100%等，这个收益要跟时间挂钩，时间越长，目标收益率就越高，因为时间越长，成本不断摊薄，那么你赚钱的可能性就更高。

“设置投资目标最大的缺点是，当你止盈了，但是市场还在涨，这就错过了很宝贵的收益，比如牛市不言顶，有时候牛市会涨得很高。还有一种就是看回撤，可以看最大回撤，控制最大回撤止盈。

“一旦你持有的基金已经达到了目标收益率，该止盈了，此时设定一个最大回撤阈值，达到止盈线先不止盈，而是继续持有。当最大回撤跌破阈值时，再止盈赎回。”

“我们举个例子，”文涛顿了顿说：“如果把80%作为止盈点，最大回撤阈值为10%。当该只基金持有收益率达到80%时，不马上止盈，而是继续持有。这时候，会出现两种情况：一是基金持续上涨，那么我们继续持有；二是基金中途有10%的回撤，我们就立马止盈赎回。

“这样操作最大的好处是在牛市行情中，你可以赚得更多。缺点就是基金涨幅刚超过止盈点就开始回撤，那就赚得相对少了点。

“当然，如果你的水平越来越高，对市场更加了解，就可以对基金进行估值。对于指数型基金，当估值百分位大于60%时，追求稳健收益的投资者就可以分批卖出；而当估值百分位大于80%时，说明已经相对高估，是时候考虑止盈了。对于主动管理基金，则可以看其相对于业绩比较基准的估值百分位。比如，投资消费行业的主动型基金，可以参考中证消费指数的估值百分位。”

“听起来蛮不错的，就是感觉太专业了一点。”刘琳说出了心中的真实想法。

“嗯，投资知识多多少少是有点专业性。”文涛笑了笑，接着强调说，“你只需记住一点：基金定投，止盈是关键；定投不止盈，终究是浮盈。”

# Part 42

# 玩转神奇的可转债

刘琳似乎很喜欢和文涛交流，虽然很多关于基金的专业词汇她是第一次听说，但她感觉比保险更有吸引力、更有趣。为了自己和女儿的将来，她打算趁此机会多了解一些东西，说不定以后会用得上呢。

看到刘琳没有结束的意思，文涛也不好提出不说了，于是又介绍起一个叫可转债的投资产品。

如果你以前有过炒股的经历，大概你最后是在对股市的绝望中洗手不干的，或者买基金你也可能亏损严重，因为你没有长期持有，你对资本市场，尤其是中国的资本市场可能就绝望了。那么，你还有没有其他赚钱的方式呢？比如，有没有一个投资产品是百分之百的保底，在此基础上还有一些收益，而且收益大多超过购买股票和基金等产品的收益呢？

这种产品其实是有的，叫可转债，它有一个显著的特点——上不封顶，下有保底。那你肯定纳闷，这个产品怎么没听说过呢？其实，这几年投资可转债的人也多了起来，但人数肯定没有炒股的人那么多。可能是因为“可转债”听起来挺专业的，一些专业机构又没有大力宣传，所以了解的人也就不多。实际上很多金融专业术语都不能进行简单的阐释，比如什么期权、行权、正股价、转股价、下修转股价等，大多不是一两句话就能解释清楚的，大多数人就算看了相关解释也是蒙的。

说到可转债，文涛的兴致一下子高了不少，他自豪地说，他的第一桶金就是从可转债淘到的。那么，可转债到底是个什么神奇的东西呢？

可转债全称可转换债券，就是如果你买了一个公司发行的债券，你可以以约定的价格把债券转换成股票。如果你不想转换，则可以继续持有债券，直至到期收取本金和利息，或者你把它卖了。如果你认为这个公司的股票未来要上涨，你也可以在宽限期之后把它转换成股票，发债公司不得拒绝。

文涛看着刘琳一脸茫然的样子，知道自己说得太快也太专业了，于是放低语速解释说："这个释义确实不好理解，还很容易让投资者发蒙，那么我用大白话说吧。可以这样理解，可转债就是公司向投资者借钱，也就是发债，投资者持有这个债券后，最大的功能是，在一定的期限内可以转换成股票持有，转换价格是在发行债券时就约定好的，这时候债券持有人就变成了一个炒股者。如果你不想转换成股票，可以一直持有到期，然后拿到利息和本金，当然你也可以在市场上将这个债券抛售掉。"

"可以转换，这就是可转债的精妙之处。"文涛说。

"有人说可转债可以下有保底，上不封顶。下有保底就是债券的收益，你如果不转换成股票，那么你就持有到期后，拿到本金和利息，这相当于投资债券，风险低，但同时收益也低，因为一般债券的利息都比较低，但高于货币基金，在目前的市场上也算是一种不错的投资。"

"是不是很神奇？"文涛像一个透露秘籍的武林高手，继续说道："其实，可转债的精妙之处还不止这些，它还有一个'中国溢价'。可转债本身是一种债券，这种债券一般到期后，企业要连本带利归还的，这对企业来讲是一个不小的压力。

“你知道中国的上市公司有一个倾向，他们都想拿钱不用归还，上市的目的就是要拿到不用归还的资金，比如增发和配股等，这是中国股票市场的一大通病，所以大家把公司上市叫圈钱、割韭菜，是有一定道理的。

“在可转债这里，一般可转债到期时，发债的企业管理层都会鼓励转股。为了鼓励投资者转股，他们会想方设法拉高股价，比如做高业绩、出台各种利好等，这时候企业管理层、股东和债券投资者的利益是一致的，这种情况在中国资本市场非常罕见。如此一来，实际上让可转债的投资者得到了利益，这就是所谓的‘中国溢价’。

“另外，在中国资本市场上，并非所有的上市公司都能发行可转债，此前发行过可转债的公司少之又少。这是由于可转债的发行条件是比较苛刻的，比如，最近3年连续盈利且最近3年净资产收益率平均在10%以上；可转债发行后，资产负债率不得高于70%；累计债券余额不超过公司净资产额的40%等，这些条件导致发行可转债的公司一般都是优质公司，监管严格的目的就是减少发债公司发生违约风险。

“最能体现可转债中国特色的，是下调转股价。万一你正好买到了高点，市场此后一路下滑，上市公司的股价跌到远低于转股价，可转债就已经几乎没有转股价值了，按理我们只能耐心等待持有到期后拿回本金和利息。

“但是，许多发行可转债的公司可不这么想，他们发行可转债的第一个目的是拿到低息的融资，不用还钱。人的欲望是无限的，拿进口袋的钱他们都不想再吐出来，所以他们最大的目的是希望大家都能够转股成功，这样投资者就从债权人变成股东，公司也就不用再从口袋掏钱出来还债了。这个算盘打得精明吧。

“上市公司希望大家都转股，而转股意味着投资者都赚到钱了。所以，当股价跌到远低于转股价的时候，上市公司为了自身利益就会考虑‘下调转股价’。

“当某一只可转债对应的正股股价在连续20个交易日里，有10个以上的交易日收盘价都低于转股价的85%，公司董事会就可以提出下调转股价，然后通过股东大会表决，只要通过了就能下调转股价。

“下调转股价，可以表达出上市公司积极向上拉股价的态度，所以能给小投资者们一些信心，自然也就能拉一下可转债价格了。下调转股价，说明投资者以同样的票面价值可以转成的股数变多了，例如8元的转股价格下调到4元，就从原来的一张可转债可以换12.5股变成了可以换25股股票，从而促进了可转债价格和价值的上升。

“看到了吧，可转债就是这样一个神奇的东西，关键就是其产品条款中设定了许多条件，这些条件看起来好像是保护投资者的，但其实是保护上市公司的，只不过在这个市场上，投资者和上市公司利益罕见地达到了一致，让投资者享受了诸多福利，但就是因为条款多，初看起来可转债挺复杂的，不过细心分开来看，其实很简单。”

文涛总结说：“投资者最终关心的还是通过可转债怎么赚到钱。”

“那倒是，像我这样的女人，其实社会上有很多，她们有的还带着孩子，很想通过自己的努力，在投资理财方面有所收获，成为富妈妈，为孩子提供更好的教育和生活环境。”刘琳表达了妈妈群体的真实愿望。

文涛点了点头，他被刘琳的真诚触动了。从对方的话语中，他感受到年轻妈妈的不容易以及埋藏在内心深处的那种坚韧。

看着刘琳的神态，文涛忽然有一种想呵护她的冲动，但此时肯定不宜表现得太过了。他定了定神，继续说道："不要小看这样一个产品，可转债赚钱的方式比较多，主要有5种。

"一是直接在可转债市场低买高卖。因为可转债随着二级市场股票价格波动或者利率的变化，债券市场价格会有波动，可转债的面值也会有变化。比如花10000元买了100张100元的可转债，当这只股票的面值涨到120元时，直接抛掉可转债，就可以获得2000元的赢利。

"二是如果股票走牛了，就是可转债赚钱的大好时机。但是可转债的转股价是合同约定的，是没有变化的，投资者以较低的转股价格转成较高的正股价格，就可以获得赢利，这是最主要的赚钱方式。

"三是打新债。这个跟打新股一样，但一定要打正股价格不错的新债，你打到新债，持有这张可转债的成本是100元，只要可转债的面值涨超100元，就有利润了。当然，有时候打新债市场变化太快，一上市就低于100元，如果你买了可转债，而这时正好在股市的高点，此后股市一路阴跌，进入所谓的熊市，你手里的可转债正股跌得非常惨，这时转债的价格也不可能上涨，是否意味着我们就赔了呢？即使如此，可转债仍可能有赚头，需要耐心等待市场上涨。

"四是利用回售条款。一般上市公司在发行可转债的发行合同中，会设定一个回售条款，如果上市公司的收盘价格，持续30个交易日，都低于转股价的70%，意味着我们只要转股，就会赔很多钱。这时我们有权以可转债发行价＋利息的价格，把可转债回售给公司。'回售'这个词不好理解，其实就是再卖给公司。这是投资者的权利，可以行使，也可以不行使。如果投资者预测今后股市还会上涨，就不用回售给公司；如果预测股市未来将会继续下跌，就赶紧抛给上市公司。

“也就是说，如果上市公司一直赖着不下调转股价，而股票还继续下跌，投资者们可以按照约定好的回售价格把这个债券还给上市公司。

“五是紧盯强制赎回条款。一般上市公司在发行可转债时，都有一个约定条款，在转股期内，如果公司任何股票连续30个交易日中至少15个交易日的收盘价格不低于当期转股价格的130%。这时候，公司就可以强制赎回这个可转债。130%代表可转债的利润已经非常可观了，其实上市公司希望大家赶快都转股，这个时候如果投资者还不转股，上市公司就可以以回售价格回收可转债了。

“言下之意是，例如上市公司回售价格定为103元（回售价格是根据债券募集说明书约定的），如果可转债的发行价是100元，到130元时你不转股，公司就可以以103元的价格回收可转债。由于很多人工作太忙，或者自己不上心，这么好的大蛋糕不知道拿回来，结果白白被上市公司强制赎回了，被103元的价格回收去了。

“当然，上市公司赎回都会发通告的，也有可转债翻了好几倍公司也没有要求赎回的。其实，跟其他所有的投资一样，可转债还是要做长线投资。”

看着文涛认真地讲了这么多，刘琳有些过意不去了。为了表示感谢，她提出请文涛吃夜宵。

文涛倒也没有拒绝。两人吃过夜宵，回到家已经是凌晨1点多了。

# *Part 43*

# 退却

对于文涛，刘琳是打心眼儿里欣赏，人很实在，非常努力，银行工作本身就很忙，每天都是“996”（早上9点上班、晚上9点下班，且一周工作6天的工作制度），有时候周末也要加班，很多时候还要出差。

文涛为人也比较正派，作为金融行业高管，收入和地位没得说，但是他身上没有一点花边新闻，接触了一段时间，从没有看到他和哪个女人有更亲密的关系，这让刘琳觉得很奇怪。他条件这么好，难道就没有倾心的异性吗？

有一次，刘琳开玩笑说：“你怎么不临时找一个对象解解闷呢？不是说金融圈很乱吗？尤其是像你这种多金的高管，收入这么高，职业也很光鲜，应该不缺少投怀送抱的美女啊！”

文涛听了也不恼，只是淡淡地说：“工作压力太大，真的没心思想这种事。”接下来就不说话了，刘琳也不好继续问了。

接触多了之后，刘琳有时也去文涛家里串门。文涛妈妈很喜欢刘琳，她看到刘琳对小孙子特别好，非常照顾，就跟自己的孩子似的，于是有一次拉着刘琳说：“要是你觉得我儿子还不错，干脆你俩一起过得了，互相也有个照应。”

刘琳脸一红，赶紧说：“阿姨，他一个大行长，怎么会看上我呢？”

看到刘琳的态度似乎比较积极，文涛的妈妈赶紧找儿子开了家庭会议，她说：“儿子，你和刘琳的交往比较多，两个小孩子相处得也很融洽，她人也不错，你就没考虑过追求她？”

其实，文涛对刘琳的感觉很不错。听母亲这样一说，他答应说找刘琳谈谈。

但是，当文涛正式向刘琳提出处对象的想法时，刘琳却开始退却了。她也很奇怪，明明自己很欣赏文涛，但是在一起的时候，还是缺少那种说不清道不明的激情。她也发现，文涛对她有一种依赖感，以前每次当他上下班等她时间太长时，他就会打其他车走，但最近无论等多久，他都会等她，在车上也会谈一些关于今后如何打算、还要不要再婚之类的话题。

她能感觉到文涛的想法，但是她扪心自问了好几遍，似乎觉得后半生并不需要他这种类型的人。他太忙了，一切都是工作，一切都是为了赚钱，也没有其他的兴趣爱好。如果今后跟他一起生活，还是延续他的生活状态，这种生活是比较可怕的。

其实，就目前的情况，文涛完全可以找一个各方面条件不错、没结过婚、年龄小的女孩子，她也这样劝过他。

文涛的回答是：太累，结婚后，这样的女孩子无论是谁，肯定会对他有很多莫名其妙的要求。相反，他更愿意找一个结过婚的女人，因为这样的女人明白很多事理，尤其是知道自己的需求，也明白对方的局限，这样过起来比较轻松。未来，他对生活唯一的要求就是希望轻松一点，因为此前他的人生太沉重了。

她知道文涛是认真的，像他这样的男人，阅历丰富，有自己的价值观。从某种意义上来说，她与文涛结合，可能是一个机会，但是她从心里就是提不起兴趣。

可以看出来，刘琳的感情生活还是受到了她前夫的影响。当然，这并不意味着她还爱着她的前夫，但是可以肯定，老实本分的男人，对刘琳来讲，只能做好朋友，不能做恋人。如果遇不到适合的人，不如一个人过，乐得轻松自由，至于是否会终老一生，只能让时间来回答了。

目前来看，刘琳的财务基础还不错，投资方面也有持续进账，相比投资收益，她开滴滴车的收入就是毛毛雨了。不过，她还是每天都要出勤，一方面，接送文涛，可以学到更多的投资理财知识；另一方面，她觉得还是要有一份工作，心里比较踏实，就算哪天投资理财失败，也不至于养不活自己。

开滴滴车还有一个好处，那就是可以接触各种阶层、各种性格的人，其中部分投缘的人，或许能成为朋友，生活上有什么需要还可以互相帮忙。比如，彼此打听一下学区房的价格，找个医院的大夫挂个号等。刘琳发现，妈妈们都比较热心，乐于助人。或许，大家都感觉生活不易，互相帮点小忙，也可以体现自己的价值。

其实，有一段时间刘琳也很迷茫，觉得这样的人生太没意义了。

正逢国庆长假，她在网上报了名，带着女儿，跟着一大队人马，自驾车去了内蒙古。

# Part 44
# 什么是财务自由

刘琳所在的自驾驴友团有十几辆车，都是在网上约的。那时候，“驴友”的概念非常火，就是互不相识的一帮人，大家都想去某个地方玩，然后大家在网上报名，临时组成一个团队，有临时负责人，还有规章制度。

自驾驴友团比较松散，但大家都比较守规矩。搭车的人，每天给出车的人30元，另外油钱均摊。

驴友大多是青年男女，也有带孩子的夫妻。那次，队里有一对老夫妻，他们没有车，就搭别人的车。

刘琳开一辆车，她很想有个人和她同车，可以在车上帮忙照顾女儿。带队的是一位40多岁的中年男子，叫苏岩，自己开了一辆六座的面包车，带着三个孩子，老大是女儿，十来岁；老二是儿子，八九岁的样子；老三是女儿，六七岁，没有妈妈陪伴。

带队的男人就把那对老夫妻分到刘琳的车上，刘琳也乐意，正好可以顺便照顾一下孩子。

行驶途中，刘琳了解到，老夫妻俩中男的叫李成龙，以前是歌舞团的舞美，现在退休了，主要做书画装裱，这几年流行艺术品收藏，书画装裱就成了热门行业，李成龙忙得不亦乐乎，钱也挣了不少。一路上，他在谈自己买的几套学区房，还有别墅什么的。他的妻子叫王艳，以前在歌舞团是唱民歌的，主要是唱内蒙古民歌。年轻的时候上的音乐学院，曾经在内蒙古插过队，当过知青，在那里学会了内蒙古长调，是一个歌唱家，当然不是非常知名。现在退休了，做了老年大学的音乐教授，整天跟一帮老太太、老大爷一起在公园里吊嗓子。

刘琳挺喜欢听内蒙古民歌的，车里的歌碟几乎把内蒙古民歌都收集齐了，许多歌都听了不知道多少遍了。她也喜欢听内蒙古长调，自己一个人心情不好时，就把车开在旷野上，然后把内蒙古长调调到最高音量，让自己的耳朵震一下，心里就舒服多了。

刘琳平时带孩子去公园玩，也看到过许多老年人在那里唱美声，她心想，我老了也应该和他们一样，唱唱歌、跳跳舞，现在有机会跟这对老夫妻一起生活几天，正好可以预习一下。

王艳说，他们有一个儿子，儿子已娶了媳妇生了孙子，现在孙子上学了，他们突然没事干了。以前带孙子挺忙的，现在儿媳妇天天带着孙子到处上补习班，他们都插不上手，这次出来玩，就是因为太闲了。

刘琳说："这样好啊，叔叔挣的钱不少了，你们也要学会享受生活。"老两口在后座呵呵地笑了。

刘琳说："我们这次路上多走走，阿姨也可以会会以前草原上的老朋友，多想一想年轻时有意思的事情。"

王艳说："可不是嘛，不过草原上的老朋友最近几年离世的不少，没剩下几个了，自从回城后，都很少联系，现在晚上一做梦就会梦到草原。"

刘琳说："这次您老可以圆梦了。"

这次，他们这个团号称是“穷游”，必须住当地价格最低的酒店，吃最便宜的饭馆。这一点对刘琳来说问题不大，她正好想体验一下草原的生活，但就怕两位老人可能受不了。

不过两位老人说，这个穷游的主张，就是他们俩在网上提议的，现在老了，身体不好，医生不让吃这个不让吃那个，越是简单粗糙的食物，还越合适呢。再说了，年轻时就在内蒙古那边生活，对很多往事记忆犹新，也非常向往。

刘琳又开始担心起领队的苏岩来，一个人当司机，开一辆六人座的面包车，带着三个孩子，还有两个二十来岁的白领女孩也搭他的车。这辆六人座的面包车看着好让人揪心，外表掉漆严重，一看就是年代久远的老古董了。但他一直驾车走在队伍的最前面，开得还贼快，时不时通过步话机开一些玩笑，说一个段子。另外，在哪里休息，在哪个景点停留多久，在哪里吃饭，在哪里集合等细节，都是他来安排。如果有谁的汽车抛锚了，他还要忙前忙后，甚至钻到车底去帮着维修，非常负责任，也很热心。

刘琳开的是一辆SUV的宝马，很想替苏岩分担一点乘客，也是为了不让队伍走得太慢，可惜三个孩子不肯分开，她又不太想拉那两个小白领，只好作罢。

车队行驶了半天路，一个在金融企业任高管，40岁出头叫刘录的男人加入了他们的队伍，他开着一辆牧马人，车上正好只有他一个人，那两个女孩子顺势就爬上了他的车，这下苏岩就轻松多了。

路上，其他司机打趣问那两个女孩子：“还是牧马人舒服，对吧？”其中一个女孩子说：“有肉肯定不吃豆腐呀。”大家都在步话机里笑了。刘琳没吱声。

两个女孩上车后，刘录心情大好，开车速度也在不断提升。他的车在草原上加速疾驰，车后扬起带着干草的尘土，形成一道白白的飘带，蜿蜒不绝。步话机里，两个女孩子兴奋的尖叫声此起彼伏。

在草原上开车，哪怕之前心情再郁闷的司机都会变得轻松起来。想想看，路况非常好，道路笔直，两边都是天似穹庐、笼盖四野的景色，多么让人神往。而不开车的人，只能拿着步话机讲段子，或者吼上几句解闷。

中途，有人提议讲故事，有人提议讲历史，还有一个人突然提到，我们为什么都这么穷，不知道猴年马月才能实现财务自由啊？这个问题一提出来，有人就开骂了，穷是因为咱们没本事、不努力，还有什么原因啊？除了努力工作还能有啥办法呢？也有人不认同这个观点，说自己的同事有买基金致富的、有炒房致富的、有挖矿致富的、有创业致富的……

对于财务自由的问题，大家都很有兴致，希望队伍里有经验的人讲一讲。

“那就苏老大呗。”有人提议。

苏岩赶忙说：“别，我就是一个穷人，怎么讲致富经验啊！我以前是阔过，有好几套房，还是学区房。后来为了创业把房子卖掉了，结果企业办得不怎么样，但是房子却都涨疯了。”

有人说：“毕竟你曾经阔过，我们都还没阔过呢！”

大家都央求他讲讲，苏岩说：“好吧，我就讲讲自己对财富的一些理解吧，至于如何致富，刘录是专业人士，让他讲，如何？”

大家齐声叫好。

“那我的车谁开啊？”

一个小伙子自告奋勇接替苏岩。

对于如何能成为富人的问题，苏岩说："大家不要认为富人都有好几套房、上亿的资产，或者是大企业的老板。一个人通过自己的努力，在一线城市，有一套房、一辆车，有一些存款，最关键的是有一些资产在自己失业后或者创业失败后，能够自动创造财富，比如投资了公募基金，购买了养老保险或者重疾险等，这样的人都算是富人。因为这些资产能抵御市场风险，不会让意外风险瞬间摧毁家庭或者人生的基本盘。

"对了，不可能每个人都成为富人哈，我们国家讲的是共同富裕，共同富裕就不可能让大家都有好几套房，都是老板。不然谁打工谁干活啊，这当然不现实。

"不过最重要的是，我们要关心通货膨胀，从历史上来讲，影响普通人生活最大的就是通货膨胀，通货膨胀几乎贯穿现代经济运行的始终。

"按照一般经济学原理，每年消费价格要上涨3%以上，才能维持经济正常运转。这个物价上涨其实就是给企业家、投资者的一个分红。如果物价不上涨，企业运转和投资就没有效益，企业家没有得到激励，经济就会停止运转，那就没人开企业做投资了，这样就会出现通货紧缩。

"最近的一个例子是，2019年受非洲猪瘟的影响，有段时间国内生猪被大量扑杀，导致整个猪肉供需失衡，猪肉价格开始大幅攀升，有时一个月能暴涨100%，而猪肉价格的上涨会带动同类产品价格的暴涨，进而带动CPI（消费者物价指数）大幅度攀升。相当于很多人的收入涨幅还跑不过CPI涨幅呢。

"当然，如果以房地产价格计算财富的话，从2003年到2013年，北京等一线城市房价翻了三番，大体估算，那么你的存款相当于缩水了三分之二，当初的100元存款可能仅有30元左右的价值（如果不用来买房的话），财富的问题一旦仔细一算，你就会发现非常残酷，但是一般老百姓并不懂这些，而且这些变化就发生在日常生活中。

“存款贬值是当代世界最普遍的现象，不仅仅是房地产价格在上涨，普通的生活物资价格也在上涨，如果存款的利息不能高于物价的涨幅，那么存款的价值就会在不知不觉中缩水，所以每次物价上涨，房地产或者股市暴涨都是一次财富的再分配。”

苏岩清了清嗓子，继续说道：“一线大城市一些白领月薪看似有一两万元，但他们还是觉得自己是穷人，因为在大城市，如果没有自己的房子，仅仅租房就可能占到了收入的一半以上，如果没有储蓄，没有投资，那么未来在哪里？他们怎么可能不焦虑。

“如何克服焦虑，走向相对的自由，这是我们每一个人的梦想。除了工资收入，我们还得考虑如何增加资产收入，这部分收入可以应付家庭的日常花销，甚至包括旅行、奢侈品消费等支出。”

这时，步话机里传来一个声音：“苏哥，我的工资还不到1万元，实在存不下什么钱，这次出来旅游，都还是从朋友那里借的钱呢。”

“是的。你的这种情况在大城市比较普遍，我之前和你一样。后来我懂了一些投资理财的知识后，情况才发生改变。”苏岩一边说，一边提高了音量。

“收入可以分为两部分，一部分是你的劳动报酬，另一部分是投资理财的收益。

“很多人对赚钱的理解就是工资和奖金，他们天真地认为，随着年龄的增长，工资不断上涨，财务自由自然就会发生。他们告诉自己：‘我现在做不了什么，等我的收入提高了，就都可以改善了。’但是，拥有一个好的工作和一份好的收入，就一定能实现财务自由吗？

“事实恰恰相反，穷人并非都是收入低的人，而是不会做财务规划、不进行投资理财的人。人的欲望是无止境的，当代的商业社会创造了无限的消费需求和欲望，无论你有多少钱，你的钱包都可能被掏空。比如，豪华游轮、私人飞机、豪华酒店、顶级豪车、太空旅游等，都是为富人无止境的欲望准备的。

“再如，时尚女性的樱桃自由、口红自由、酒店自由、包包自由、买车自由、买房自由，就是无止境的欲望。这个欲望一旦被调动起来，你的收入再高都是穷人，因为相对于无限的欲望，你的收入总是有限的，对那些身居高位、手中有钱的人，欲望可能会导致其贪污腐败行为，他可能因此锒铛入狱、家庭破产、妻离子散，如此结局不免让人悲叹。

“所以量入为出的财务规划非常重要，在满足自己普通消费开支后，把节省下来的钱拿来投资理财，在金融市场上能够战胜通胀，或者缓解通胀对你的财富的榨取，从而实现被动收入的提高，最终能够让被动收入满足你的日常消费。

“比如，我有一个朋友在一家顶级投资银行上班，工作近5年，年薪在40万元左右，这在一线城市也算高收入了，但她的租房费每月高达12000元，这就几乎花掉了三分之一的收入。由于在豪华写字楼上班，打扮时用名牌堆砌自己，平时的消费也比较高，还时不时来个出国旅行，每天都开着豪车上下班。可是她依然觉得自己是穷人。

“日常各种高昂的开支，导致她几乎没有什么储蓄。突然有一天，因为经济下行，单位业务缩水，开始裁员，由于她工作时间短，又不算公司的业务骨干，在裁员风波中她成为第一批被裁的对象。当她没有了高收入来维持之前的生活质量时，她终于发现，自己是一个真正的穷人，过去的高薪与光鲜都不过是过眼云烟。

“因此，我们要把理财作为一日三餐之外的一个习惯，融入日常生活中。首先，我们要意识到理财的重要性，明白财富对一个人的意义。理财，并非视财如命、做守财奴，而是一种生活方式、一种生活信念、一种生活过程。所谓‘君子爱财，取之有道’，在业余时间，利用自己的勤奋学习和聪明才智，让钱生钱，最终实现财务自由，这就是挖掘了自己的潜力，实现了自己的人生目标，本身就是价值。

“目前，有一种观点认为，贫穷是一种耻辱，所以笑贫不笑娼，这是一种病态的社会观，如果让它成为社会普遍的价值观，成为社会一种无意识，那这个社会肯定是病了，肯定是哪里出大问题了。

“贫穷是一种不幸，是一种对于人的固有权利的剥夺。在这个商业社会，买房买车、娶媳妇、孝敬父母、供养孩子上学、旅行、日常消费等都需要钱，钱代表的是一种权利，不仅仅是奢侈享受的权利，也是生存的权利，是学习思考和交往的权利，由此可见，钱非常重要。

“如果一个人整天为生活发愁，为基本的消费开支动脑子，那么就会过得很狼狈。所谓‘贫贱夫妻百事哀’，家庭生活肯定是‘战争’不止。在处理亲戚朋友之间的关系上，你就不由得算计抠门。比如父母住院了，你的钱不够住院费，是不是要跟其他兄弟姐妹商量，大家怎么分摊，如果兄弟姐妹经济条件都一般且又不懂事不自觉，觉得你应该出大头，因为你更宽裕一点，这类事情很容易让亲情或夫妻感情破裂。”

之前还吵吵闹闹的步话机，变得安静了很多。大家大气都不敢出，虽然苏岩不是队伍里任何人的领导，但他的话实在太精彩了，处处戳中每个人的痛处。

苏岩喝了口水，顿了顿说："我也不是什么专家，瞎说的，要不，就说这么多吧？"

"不！苏老大，你说得很好，别停啊。"刘琳鼓励说。

"对。苏老大，继续说！我们都听着呢。"大伙儿都附和。

"好吧，那我再讲点，大家将就听听。"苏岩继续说，"其实，我们作为21世纪的人，无论是男人还是女人，在理财意识方面，都需要觉醒。就是要主动去关注金融市场和金融产品，去学习基本概念和基本常识，并且要在生活开支之外，拿出一部分资金去储蓄和投资，做好理财规划，这需要精力、热情和坚持。这个过程跟生活中其他所有的事情一样，都是一个充满艰辛、失败，有欢笑也有眼泪的过程，必须做好心理准备，并且坦然接受。

"为了一步一步接近实现财务自由的目标，我们要尽可能获得更多的投资理财收入，就是不通过职业劳动而获得的收入。工资的增长是平稳的，而投资收益没有上限。不过，前提是你必须有一些闲钱，对于普通人来讲，这个闲钱肯定不多。比如，可能是父母给的结婚礼金，或者是辛勤工作后得到的奖金等。

"对于普通人而言，想要有积蓄，就必须对生活进行计划，精打细算，进行简单的记账，日常开支不能超出这个计划。每月从工资里拿出固定的部分用来储蓄，然后把提成、奖金和其他额外收入的50%存下来。一般来说，这样的储蓄计划不影响你的生活质量，这些都是理财投资在起始阶段的基本做法。

"大家要记住，这里的储蓄不是纯粹为了节俭，而是为了一个更重要的目标，创造更大的价值，就是利用一辈子的时间，去实现财务自由。

“在储蓄的同时，可以利用一小部分储蓄做一点学习式的投资，比如去购买基金和股票，这部分投资纯粹是为了学习，熟悉金融市场，掌握一些简单的投资理财的基础知识。

“经过几年时间，认真评估自己的资产、现金流和风险偏好，建立起自己的投资体系，这个体系包括资产配置的一系列原则，比如自己更喜欢风险低、收益低的产品，还是风险高、收益高的产品；自己更喜欢房地产类的资产，还是股权类的资产；自己更喜欢亲自去投资，还是购买投资机构发行的产品等。”

对于苏岩的观点，包括刘琳在内的每个人，都听得很仔细。尽管他没有介绍如何具体去赚钱，但他讲的基本理念，包括对财富的态度等，大家都听得心服口服。

连车队里比较专业的金融业人士刘录也忍不住在步话机里大赞起来：“苏老大，真行啊，改天我请您吃饭，教我几招！”

“别别！我这是关公面前耍大刀，别打我脸就好了。”

“哎哎，你们咋还客气上了。”

“哈哈哈……”

# Part 45

# 草原暴雨

一队人马有时候会穿过乡村道路，这些路都没有硬化，不过路面很宽很直，一眼望不到尽头。草原上，散落着一些马和一些牧民，马儿要么悠闲地吃草，要么呆呆地望着天空。这些牧民大多住在帐篷中，帐篷顶上有一个白铁皮的烟囱，青烟从烟囱中冒出来，然后消散在茫茫的草原上。

刘琳想，这么大的草原，几十公里地才有几户人家，他们晚上睡觉不害怕吗?

白天，车队在草原上行驶，苏岩一直在前边带路，他可能来过，对这条路很熟，别的车也是跟他走，遇到景点，大家就停下来，下车，然后拍照。刘琳注意到，苏岩很少拍照，除了忙前忙后招呼大家，对沿途的美景并不是太在意。

刘琳给车上的叔叔阿姨拍了照，自己几乎也不拍。

队伍中，有几个女孩子很喜欢拍照，见到一个景点就是一阵狂拍。从苏岩车上下来的两个女孩子可让苏岩忙坏了，换着各种姿势拍个不停，甚至大队人马都准备走了，她们还在那里拍，苏岩催促了几次都还不想走，大家都在抱怨这两个孩子太不懂事了。

但是苏岩好脾气，一直在那里等，这让刘琳很欣赏，因为她喜欢好脾气的男人。

在草原上放开了玩儿，孩子们也非常兴奋。刘琳的女儿蕊蕊和苏岩的3个孩子很快就混熟了。

苏岩的大女儿跑到刘琳的车上来，王艳就问：“孩子，你爸爸是做什么的？”

“我爸爸是一家公司的老板。”

“什么公司啊？”

“是一家IT公司。”孩子据实回答。

刘琳吓了一跳，看苏岩的外表，实在不像是一家IT公司的老板。

“你妈妈怎么没来啊？”

“妈妈和爸爸离婚了，出国了。”

“那妈妈不来看你们吗？”

“来的。”

“平时谁照顾你们啊？”

“是爷爷奶奶，还有保姆。”

“爷爷奶奶怎么没一起来玩啊？”

“我们出来旅游，爷爷奶奶回老家去了。”

看来，苏岩还挺不容易的，孩子的妈妈离婚后出国，自己带3个孩子，还创业，真够累的。刘琳心想，一个蕊蕊就让她忙得够呛了，真佩服苏岩。

因为两家的孩子都熟悉了，刘琳和苏岩决定两辆车尽量挨在一起走。每到一个景点或者驻地停下来的时候，4个孩子都走在一起，吃饭的时候坐一桌。虽然有规定是穷游，吃最便宜的餐食，住最便宜的酒店，但是刘琳不是很遵守，她担心孩子们受苦，经常带孩子们去吃当地最有特色的饭菜，晚上住的酒店也是当地最好的，苏岩的3个孩子围在刘琳身边，阿姨、阿姨地叫个不停，把刘琳叫得美滋滋的。苏岩也时不时用感激的眼神看着刘琳。

刘琳看着这个比自己大几岁的男人，挑衅地说："看什么看啊，不认识啊？"

苏岩吓得一个激灵，忙不迭地说："没，没，没看！"

刘琳哈哈大笑起来："你一个男人能带3个孩子，挺厉害的。"

"厉害什么呀，孩子没照顾好，我对他们也是心存愧疚。"

"别，尽人事听天命，这次出来，我就是要探究一下天命到底是什么样子的。"刘琳拿腔作调地说。

"我们这次去的几个地方，会有一些草原当地的宗教崇拜仪式，你可以去'探究一下'。"苏岩学着刘琳的腔调。

"小样儿，不许学我。"

"向刘大小姐保证，下次不敢了！"苏岩嬉皮笑脸地道歉。

一天晚上，车队经过一段乡村公路，路面高低不平，而且还有积水和凸起的石块，一不小心，很容易刮坏油箱。

苏岩在步话机里一再提醒大家，车一定要开慢，看着前车的屁股走，尤其是底盘低的车，尽量慢。

刘录不以为意，觉得自己的车是SUV，底盘高，油箱不容易被刮到。他嫌苏岩带路太慢，想冲到前面去，于是脚踩油门，左打方向盘，车子轰鸣着跃起。只听底盘咔嚓一声巨响，刘录一听坏了，估计刮到油箱了，赶紧停车下去查看。一股浓浓的汽油味扑鼻而来，再一摸，果然是汽油，刘录爬到车底下一看，汽油正一滴一滴往外漏，真的中招了。本来油已经不多了，照这样漏下去，估计走不了多远，就得趴窝，必须换油箱。

苏岩停下车，从队伍前面闻讯赶来，现在到驻地还有56公里，估计还得走2小时。车队几十号人不能在这荒郊野外耗着。

苏岩当即决定开着刘琳的车到最近的镇上去买油箱，刘琳则开他的车带领大家继续出发。等刘琳他们的车队出发了，苏岩才开车去买油箱，一个多小时后，油箱买来了，这时刘琳他们已经到达了下一个驻地，她先安排好酒店，然后在饭店等苏岩他们。

苏岩对修车也很有一套，他爬进车底，一顿操作后，把油箱换好了。

等他们赶到驻地，挂钟指针已经指向晚上11点，小孩子都回酒店睡觉了。刘琳和几个大人要了一桌酒菜还在等他们，这时候大家才发现，苏岩全身是泥，脸上、手上满是油污，脑袋都成了爆炸头。

刘录后悔不已，一个劲儿地向苏岩表达歉意。

苏岩并没有责怪刘录。或许，因为经常组织车队自驾出游，这种事情他已经司空见惯了。

刘琳说："苏老大，你现在的造型简直就像一只草原上的狼，今后大家就叫你'草原狼'吧。"

苏岩哈哈大笑起来，他觉得这个外号很好，也就同意了刘琳的建议。

第二天，天气很好。太阳高高挂在天空中，四周一片碧绿，远处是起伏连绵的青山，一条小河在不远处蜿蜒流过，各种色彩艳丽的野花散发出扑鼻的香味，还有淡淡的马粪、牛粪和羊粪的味道，这就是让刘琳魂牵梦萦的草原。

小孩子们高兴坏了，在草原上奔跑着、嬉戏着，跑到小河里抓小鱼，然后烤着吃。

天空中的白云跑得飞快，跟野马一样，影子铺映到草原上，飞速地移动，小孩子们跟着飞跑，跑着跑着就跟不上了，然后坐下来大口喘气。

突然，一阵风漫过来，乌云跟着压了过来。没过几分钟，黄豆大的雨点砸在草原上，一阵阵尘土被砸起来，草原的味道就更浓、更丰富了。一时间，花香味、青草味、尘土味，还有烧烤味，混在了一起，刘琳忘我地吮吸着。

随着雨势越来越大，大家纷纷躲进车里。

一阵慌乱之后，4个小孩儿和两个老人钻进刘琳的车里，而刘琳则躲进了苏岩的车里。

虽然只是10月初，可一旦下雨，草原上的温度下降得却很快，车里已经很冷了。

刘琳说："好冷，赶紧打开空调吧。"不巧的是，苏岩的这辆面包车空调早就坏了，他只好把自己的外套脱下来，给刘琳披上。

刘琳忙推辞说："大家都冷，你怎么办？"

刘琳的话不小心从步话机里传了出去。刚开始，大家还没弄明白是怎么回事，后来都回过神了，于是你一言我一语地取笑起来。

"有什么关系嘛，苏老大照顾你，对你这么好，我还想他的外套给我披上呢。"

一个小伙子说得更露骨："刘姐，没关系，你就把苏哥当作你的空调吧。"

被大伙这么一闹，刘琳有些心慌意乱，连忙在步话机里说："你这张嘴都没沿了，再这样，明天我们不带你了。”

“哈哈，都成‘我们’了，发展这么快。”

刘琳发现自己说漏了嘴，一片绯红飞到脸颊。

苏岩笑了笑，说：“没事的，既然是出来玩，大家说话都很放肆的。”

这时，雨下大了，周遭全是雨声，大雨把车顶砸得啪啪直响，草原上全部是一片白茫茫的雨幕，整个世界模糊一片。

“我想抽根烟，介意吗？”

刘琳说：“抽吧。”

苏岩点燃烟，吸了一口，然后就扔到窗外了。

“怎么扔了？”

“我实在忍不住了，过一下瘾就行了，你在车里，抽烟不好。”

一股清淡的烟草香瞬间弥漫在车厢里。刘琳生平第一次觉得烟草味竟是如此香。

# Part 46

## 草原上的炊烟

第6天，车队就到了张成龙和王艳当年插过队的那个村子。乘着改革开放的春风，小村子现在已经不搞畜牧业了，而是变成了草原上的一个风土文化旅游景点，叫“草原上的炊烟”。

村子旁边有一片很大的湖，湖边水草丰茂，风景优美。离村子不远，有一位汉代著名将领在这里作战牺牲后留下的一座墓，在历史上非常有名。在这里搞旅游开发，资源得天独厚。

回到熟悉的地方，张成龙、王艳老两口儿非常激动。这几天，老两口在车上没事就说一些他们当年的故事，这让刘琳不由得想起《年轮》《今夜有暴风雪》等影视剧。

刘琳的父母年轻的时候也下乡插过队，不过他们是在陕北高原插队。刘琳的父母说过那里之前实在太穷了，有时也会聊一聊陕北民歌和秦腔。

这个景点有几十个帐篷，帐篷周围都是一眼望不到边的草原，而那片蓝得发紫的湖就在村子旁边。

刘琳所在的车队距离村子至少还有一两公里，但已经能够远远看到白色帐篷，就像草原上飘着一朵朵白花。

刘琳一边开车一边欣赏着窗外的美景。突然，车队两边同时有两匹马逆着车队行驶的方向奔驰过来，每匹马背上都有一位身着内蒙古民族服饰的小伙子，并且右手擎着一杆五彩旗，左手揽着缰绳，马蹄的哒哒声煞是好听。

刘琳长这么大，还没见过这架势，被震到了。

车队停稳后，左右两边各站着一位姑娘，同样穿着民族服饰，唱着下马歌。这歌儿刘琳曾经在自己的车上听过无数遍，但现场听起来，味道完全不同。姑娘们给每个人献上哈达，这种场景以往只在影视剧里看过，队员们的兴致都很高。

安顿好住宿，已经夜幕降临。晚上是草原风俗的接待宴，有篝火晚会，吃烤全羊，还有献给天地的仪式。

举行这个仪式，会在客人中邀请一位男性扮演王爷，一位女性扮演王妃。

大家推举苏岩扮演王爷，然后都起哄让刘琳扮王妃。苏岩高大瘦削的身材，穿上蒙古族的大袍子竟然挺合身。

刘琳心里挺想扮演王妃，但也假意推辞了一下。在大家的坚持下，她同意了。王妃的服饰很讲究，头上要佩戴各种头饰，当地的几个老太太给她打扮了有一个多小时，她都快饿坏了。

等她打扮完，走到席间时，每个人的眼睛都直了，简直太惊艳了。苏岩也目不转睛地盯着刘琳，她能感受到，苏岩的眼里有一种异样的目光。

刘琳坐下后，为了缓解这种尴尬，拿腔拿调地说：“说不定本小主前生就是一个王妃呢。”大家哈哈大笑起来。

晚宴开始了，大伙一边吃饭，一边喝酒，各种仪式也开始进行。根据仪式的要求，喝酒前要敬拜天地，还要夫妻对拜，向上天敬酒，并且要在烤全羊身上做各种动作，这些都由苏岩和刘琳来完成，相当于根据传统，由草原上的王爷夫妻主持一个规模较大的盛宴。

在夫妻对拜时，大家都起哄，交杯酒来一个。这方面，刘琳倒是一点不怯场，反而是苏岩显得有点拘谨。

吃完饭，草原上的篝火生起来了，大家围着篝火一边喝酒一边跳舞，张成龙、王艳夫妇也加入进来。刘琳也放开了，开始大碗喝酒。

突然，草原上响起一曲优美的长调，大家循声望去，只见王艳正在湖边引吭高歌，声音宛如一丝阳光抛向无涯的夜空，怀有远古的苍凉和人生的悲寂，同时还有对爱情的向往，长长的尾音蔓延着、蔓延着……向远方飘去。老伴张成龙将王艳揽入怀中，两人在月光下抱头痛哭，哭声低沉，每一声都好似撞击着草原。

等老两口哭完，刘琳走过去，把他们拉起来。

十几个当地的女孩子齐唱民歌，这种唱法，最让刘琳受不了，这些女孩子音色高亢、纯净，回旋力度大，穿透力强，加上内蒙古民歌的调子婉转曲折、搅动人心，让整个人的灵魂仿佛飘到很远的地方，不受控制了。

刘琳想到大学时系里组织一个活动，让她们宿舍出一个节目，晓迪的舞蹈非常棒，就教了她们几个人一段内蒙古舞蹈，几个人练了整整3个月，最后成功拿下那次活动的第一名。

刘琳不由自主地站起来，和着节奏跳了起来。这种场合，让她仿佛回到了大学时代，回到了几位好姐妹结伴挥洒青春的时代。

跳了一会儿，刘琳才发现就她一个人在跳。突然，大伙围了上来，把她托起来抛到半空，然后接住，又再抛起来……刘琳用余光看到，站在人群中间，最用力的是苏岩。

直到深夜12点过后，大家才各自回去休息。此时，蕊蕊已经很困了，倒下就睡着了。但刘琳还不想睡，她要出去跟草原和天空来个拥抱。

夜幕四合，草原上星星点点的萤火虫和各种虫鸣声交织起来，声音越来越密集，越来越响亮，湖水的声音也显得格外欢快，似乎在诉说着这里曾经上演的历史故事。

草原上的各种小光点和天空中的繁星好像交织在一起，距离特别近，刘琳走了几步，心情很是舒畅。

“你怎么一个人在这里，不怕被草原上的狼叼走？”她听到了苏岩的声音。

“我就希望被草原上的狼叼走。”她故意加重了“草原上的狼”几个字，眼神里布满挑衅的意味。

“别贫了，回去吧。”苏岩说。

刘琳站着没动，侧过身子问：“你为什么开IT公司啊？”

苏岩实话实说，自己大学学的是互联网技术，毕业后跟前妻一起在福建一个乡下当中学老师，后来前妻出国了，再也没有回来。他辞掉工作，然后来到北京打工，因为一直做IT销售，手里有一些客户，然后就自己开公司了，当然公司规模很小，仅够糊口而已。

“挺厉害的！”刘琳平时很少夸人，这句话说得很真诚，接着又问，“那你老婆为什么要出去？”

“我们那边有很多海外关系，她大学毕业时，本来可以出去的，但她跟我回家乡教了一段时间书，生完孩子后，两人的感情变得平淡如水，加上乡下的生活太沉寂了，不符合她的性格，也看不到希望，然后她就出国了。”

“那她不想孩子吗？”

“应该是不想吧，反正出去后就失去联系了，听说她已经再婚了。”

“对不起啊。”

“没什么，我挺理解她的。”

刘琳心想，苏岩还挺大度的。

夜已经深了，苏岩说：“回去吧，孩子们都睡了。”刘琳不再坚持，跟着苏岩往回走。

此后几天的行程，车队去了黑河，还去了沙漠骑骆驼，在大兴安岭的森林里采野果。两个老人见刘琳和苏岩配合默契，不止一次说：“你俩其实挺般配的，孩子们都需要爸爸和妈妈，年轻的时候可以放开玩儿，老了就是一个伴儿。比如我俩，在一起可以互相照顾，我们周围有一些单身离异的老头老太太，生活大都比较凄惨。”

“老了，要是没个伴儿，没人说话，再有钱也没啥用。”王艳说。老伴张成龙在旁边拼命点头。

苏岩不好意思接茬儿，刘琳的脸上也飞起一道红云。

“既然你们不否认，那就是承认了？”王艳试探着问。

“好了，回北京，就把你们的婚事定了。”老张更直接，得意地说，“我们可是证婚人哦。”

苏岩抬头说：“不行，我现在在北京连房子都没有，都是租的房子，怎么结婚啊。”

刘琳突然抬起头来说：“房子我有啊。”

话说出口，刘琳才意识到自己说漏了嘴，不好意思地跑到树林子里去了，两个老人给苏岩使了个眼色，苏岩猛地站了起来，追了上去。

# Part 47

## 栽在P2P上

在当年的舍友中，最美的是林燕，她身上有一股特殊的别人不具备的女人味儿。最让其他姐妹欣赏的是林燕身姿挺拔匀称，穿什么都好看，再普通的衣服只要她一穿便自然合体，不由得让人拍手叫绝。

大学期间，林燕在穿衣打扮上也没有花很多钱，常常是一袭衬衣、一条牛仔裤、一双白色板鞋、一绺马尾随便一搭，就表现出一股清新脱俗的气质，仿若天女下凡一般。她当年的微信昵称就是“当初就不应该下凡”。

她还真的就不应该下凡，林燕自进入大学后，就是院学生会文艺委员，各种会议活动的主持都是她，常常忙得不亦乐乎。

同时她还是男生们心目中的女神，变着花样追求她的人络绎不绝。跟很多烂俗的故事一样，林燕后来还是被一个高干子弟追去了，可惜最终没有修成正果，反倒落了一身的伤痕。

这次恋爱失败对林燕打击很大，此后她就没在校园里谈过恋爱。林燕毕业后去了一家省电视台当主持人，不久就成了名人。当年，电视台里的收入不高，但是可以接拍广告片和出席各种商务主持活动，所以她的业余收入也相当可观。后来，林燕嫁给了一个当地知名企业的老板，这个老板虽然是离过婚的，但是非常宠爱林燕，林燕随后生了一对儿女，在同学眼中，她可谓人生赢家。

林燕的老公以前是经营运动服饰的，在很多城市开了专卖店，后来电商兴起后，实体店铺受到的冲击很大，他就逐步退出了这个行业，因一时没找到好的投资方向，现金只有放在银行里。一段时间后，又开了几家健身房，生意倒也不错。

其实林燕并没有太操心赚钱的事儿，毕竟家里不缺钱，她也有额外收入。只是这几年，因为孩子上国际学校的原因，家里进项少、出项多，考虑到孩子将来面临留学的问题，她才意识到，自己也许需要做些投资了。

直到一个闺密说起了P2P的事，林燕慢慢有些动心了。

这个闺密接触到一家网贷平台，起初投资了50万元，半年后就拿到了5万元利息，这是林燕亲眼看到的。此后，这位闺密把家里和从亲戚那里借来的现金约100万元都投了进去，半年后，又挣了10万元利息。这时，林燕有点坐不住了，她想起自己家存在银行里的那500万元现金，如果按这种方式，一年能挣回50万元，做什么生意能这么快并且安全地赚钱呢？

林燕就跟老公提起了这个事，老公告诉她，来钱快的投资别轻信，说这种东西大都是骗人的，不可能有这么高的收益，又不是抢银行。

林燕知道老公不会相信P2P投资，她也说不动，但是一想到自己近年的额外收入越来越少，她心里还是有些着急。

最终，林燕下定决心投资一把P2P，因为她想为今后万一职业出现不测时做些准备。

那几年，很多权威媒体都在报道P2P是“互联网＋新经济”的新闻，很多名人也为不同的P2P平台站台，说这是金融创新，是未来的方向，银行可能都会被P2P模式所取代。这些报道也大大增强了林燕的信心。

她知道老公在投资方面的知识太贫乏，于是干脆不告诉他，就直接投进去100万元。半年后，她的账户真就多了5万元出来，接着她又投了200万元，半年后账户上又多了10万元。这一下，林燕有了信心，索性悄悄把家中的500万元都投进去了。她乐观地预计，自己投入500万元，肯定能赚不少，到时再告诉老公也不迟。

然而，此后短短的几个月时间，监管政策开始收紧，全国先后有几十家P2P平台爆雷了，一些平台的老板卷款跑路，部分投资人血本无归。在这场风暴中，投资人犹如一片树叶被卷在狂风中，任意被撕扯，他们无论是名人还是普通百姓，无不显得无助、渺小而绝望。

林燕一开始不是太着急，因为她相信自己投资的P2P平台是有资质、有背景、能力强的大平台，就算其他平台爆雷了，自己投资的平台也不会有问题，大不了就是投资回报少一些。她还半开玩笑地跟闺密说，这个行业是该整顿一下了，把不合格的平台淘汰掉，这个行业才能更规范。

直到有一天，闺密发现自己的钱取不出来了，她开始撕心裂肺地给林燕打电话，然后林燕发现自己的钱也取不出了。

林燕上网一查，原来这家平台的老板都已经投案自首了，平台上的钱据说全部被投进了一个东北的文化旅游项目，但这个项目根本卖不出去，前期的项目选址和创意都是失败的，后来又想要搞成养老项目，但由于距离大城市太远，配套不完备，也根本没有老年人入住，致使整个项目不能变现，投资人的钱也归还不了，平台老板最终只能选择投案自首。

林燕听到这个消息后，眼前一黑，然后就什么都不知道了。

老公终于还是知道了林燕投资P2P失败的事情，看着老婆一夜之间衰老了很多，老公也不忍心责骂她，还宽慰她说没关系，孩子以后可以不出国，就上普通学校，你可不要有别的想法。因为损失的金额太大，他怕林燕一时想不通，会做什么傻事。老公还把林燕的爸爸妈妈叫了过来，全家人陪着她。

屋漏偏逢连夜雨。就在林燕在家休养期间，新冠肺炎疫情开始在全球肆虐，老公的健身馆也开不下去了，退掉会员费，遣散了员工以后，老公在健身馆项目上也赔了一大笔钱。这一下，林燕一家从所谓的高净值群体，跌到了谷底。

还好老公比较豁达，并没有计较金钱得失，他还鼓励林燕多出去走走，和老同学们聚一聚，散散心。只是，林燕哪有这个心情啊！

# Part 48

## ICU不相信眼泪

刘琳回到北京后，继续开滴滴车。她与苏岩确定关系后，苏岩一家就搬进了刘琳家里，也没举行什么仪式。两人只是在领结婚证那天，请来王艳夫妻俩和那次一起出去玩的几个人，外加他们两人的几个好友吃了个饭，就算结婚了。

此后，刘琳照旧每天出车，苏岩打拼他的公司，家里雇了个保姆来照顾4个孩子。公司的生意还不错，苏岩偶尔也会出差，但刘琳很放心他，并没有多疑，大家在一起很舒服，这可能就是婚姻的根本意义。

有一天，刘琳送完一位客人后，忽然在一家商场门口碰上了晓迪。老同学相见，分外亲切，各自问起对方的近况。大学毕业后，中间除了通过几次电话，后面几位好姐妹都失去了联系，一晃十多年过去了，还没见过面呢。

刘琳和晓迪非常感慨，一致决定要把漂亮的林燕、潇洒的张瑶和朴实的张丽，全部约在一起好好聚一聚。经过一番打听，5位姐妹终于都联系上了，大家还建了微信群。

晓迪建议说，马上到新年了，不如大家找个地方一起过元旦吧！

晓迪的建议首先得到了刘琳的响应，大家商量一番后，决定就把聚会地点定在成都，因为成都的气候温和，美食也多，周边玩儿的地方也多。张瑶身为地主，非常愿意招待大家。刘琳抢着说，我现在是下岗职工，什么订机票、订酒店这些琐碎的事情，就交给我好了，我在网上全部搞定。

订好酒店和机票后，苏岩出差去了，保姆也放假了，刘琳就带着家里的4个孩子先飞去成都与张瑶和林燕相会去了。

林燕此时已经慢慢走出P2P爆雷的阴影，她提前从重庆坐高铁到了成都，先与张瑶会合。要是在以前，遇到这样的伤心事儿，她可能选择谁也不见，但经过这次大劫后，她也明白了许多事情。

首先，不能轻易相信自己的身边人对非专业领域发表的意见。身边人也许没有坏心，但是自己却很容易受到这些非专业意见的影响，所以，专业的事情还是要通过合法途径由专业的人去做，比如自己做投资，承担的风险很大，里边的学问太多，自己的存款如果交给公募基金等专业机构去打理，可能不会亏得这么惨；其次，所有的痛苦和幸福都是甘苦自知，与别人无关，即使是自己的亲人。自己需要从失败中吸取教训并爬起来，独立自强，不能因为自己的失败而拖累亲人和朋友，因此她决定坦然面对这次失败。

张瑶和林燕准时接上了刘琳和4个小孩儿，一行人见面后，感慨不已，然后就浩浩荡荡地直奔酒店。一切安顿好后，张瑶和林燕带着刘琳和孩子们来到本地一家网红火锅店，吃起了本地特色餐饮。席间，林燕大方地承认了最近状态不佳和投资P2P的损失有关。

刘琳和张瑶深感震惊，没想到老同学会遭此劫难。于是，刘琳也说起了自己的投资经历，还一再感谢那个银行行长文涛，她表示，等这次聚会后，她一定把自己学到的关于投资理财的一些知识和经验好好跟林燕交流一下。林燕连声道谢。

因为临时有急事要处理，晓迪和张丽一直没有赶到成都。

刘琳和林燕到成都的第3天，张瑶家里就出事了。

这天下午，刘琳的手机铃声急促地响起。接通电话，电话那头传来张瑶焦急的声音。

“赶紧赶紧，老李（李磊）出事了。”

“怎么啦？”

“我老公他突然口吐白沫。”

“赶紧打120啊！”

张瑶在电话里只是哭，刘琳颤抖着手拨通了120的电话，然后立即和林燕打车往张瑶家赶，等她们赶到小区的时候，120的救护车已经到了。

刘琳和林燕几乎是和120的医护人员一同上楼，张瑶家大门开着，老李倒在床上口吐白沫，张瑶趴在老李身上大哭着。一位医护人员大声喊：“快，担架，脑出血。”

张瑶脸色惨白，穿着睡衣，头发蓬乱。刘琳抱着张瑶，说：“别担心，你赶快收拾好住院的衣物和其他东西，我和林燕去跟救护车。”

医生先给老李打上吊瓶，然后抬上了救护车，十万火急地往医院赶。

这家医院的心脑血管专业排在全国前列，去这里治疗脑出血肯定是最理想的选择。一旦病人进入急诊室，就只能一切交给医生了。林燕留在医院，刘琳返身回到张瑶家，张瑶这时还坐在地上发呆，看到刘琳回来，一头扑进刘琳怀里，问怎么样了，刘琳安慰她说：“没事，放心吧，先准备住院的东西。”

住院难是个大问题，刘琳从住院部一楼经过时，一楼大厅里几百张床位，黑压压一大片。有病友家属告诉她，他们有些人已经排了好几周了，都没有病房。

刘琳以前听说过住院难，但真的是无法想象难到这种程度。怎么办？她的脑子里闪过一个词——找人，这是遇到难题后的条件反射，这么多年都是这么过来的。

张瑶突然想到自己的姑父曾经是市卫计委主任，尽管已经退休，但是在医院还是应该有一些认识的人吧，现在也没其他办法，所谓病急乱投医，先给姑父打个电话说一下，兴许能管用。

张瑶电话打过去，姑父正在公园里跟几个老伙伴吹牛呢，一听这个医院的名字，姑父就泄气了，说和这个医院以前的院长是老朋友，但最近几年退休了，他实在想不起来还认识谁，更何况已经退休好几年了，很难有人肯帮忙。

这时候，姑父旁边一个老人抢过电话，说："行了行了，你继续吹牛吧，我女婿就是那个医院的院长，我这就给他打电话。"这个老人一个电话打过去：那谁，我一个朋友的儿子脑出血，你赶紧帮忙安排一下住院，安排最好的房间和最好的医生哈。

说完就挂了电话，周围的大爷大妈们都听蒙了，这是什么情况？

不一会儿，张瑶接到医院电话，马上安排李磊住院，进入重症观察室。

医院里是各种检查、化验，刘琳在医院各楼层跑，接送病人去拍片、化验，取片子、拿化验结果，直到一切安排妥当。

李磊躺在病床上，闭着眼睛，旁边是各种仪器，主要用来观察血压、血氧饱和度、心率等指标。

这时，张瑶的父母亲也赶过来了，李磊的父母还在外地，他俩都是独生子女，没有兄弟姐妹，张瑶也不敢跟李磊父母说实情，担心老人家受不了。老人坐了许久，一直流着眼泪，这时已经是晚上10点多了。

刘琳站起身，说："医院环境不好，病人又比较多，不适合老年人长待，二老还是回去吧。"林燕也在一旁帮忙劝导。刘琳催了好几遍，二老这才起身离去。

李磊的病涉及吐痰的问题，必须每过半小时后翻身拍背，这是很专业的动作，这样家属就必须请护工。刘琳先找到一位护工，一天350元。张瑶要跟着学会翻身拍背的动作。

晚上12点，医院进入休息模式，根据规定，只能一个家属陪护，但也不能进入病房，只能在过道里的简易床上躺一晚上。张瑶让刘琳和林燕回宾馆休息，刘琳看看她孱弱的身体，说："还是我来吧，你的身体吃不消，你回家睡，林燕回去酒店帮忙照顾孩子吧。"

刘琳是第一次在医院的折叠床上过夜，刚开始怎么也睡不着。过道上，很多人已鼾声雷动，医院里特有的消毒药水味道，一个劲儿地往鼻子里钻。她心想，自己从小到大，跟张瑶一样都是养尊处优，没吃过什么苦，离婚后，自己开滴滴车，照顾孩子，也认识到了更加真实的生活，也能吃一些苦了，她也不知道这是好是坏，反正现在张瑶需要吃苦了，人生或许都会历经磨难吧。

反正也睡不着，刘琳索性跑到卫生间跟苏岩打了一通电话。打完电话，躺在折叠床上任由思绪随意发散，直到凌晨2点左右才不知不觉睡着了。

迷迷糊糊中，刘琳被护士喊起床的声音吵醒。病人家属拥挤着去卫生间刷牙、洗脸。

刘琳醒来后，感觉神清气爽。重症监护室的灯光很亮，刘琳从门缝儿往里看了看，看到李磊的血压比较正常，心率也正常。她心想，问题应该不大，毕竟人还年轻。

快到9点，大夫们开始会诊。李磊刚住进来，属于重症，来了一帮大夫，一个老者走在最前面，听说是这个科室的主任。这时候，病人家属也可以跟进去，刘琳进去后却发现，病人情况很不好，戴着呼吸机，大口喘气，血氧饱和度不够，昨天拍的片子结果也出来了，大脑中滞留的血液量比较多，而且正好在重要部位。

从呼吸上看，肺已经开始感染，必须查明病菌来源，得对症下药，诊治的主要方向不仅有大脑，还有更加重要的肺，为了尽快控制病情，所以必须进ICU（重症加强护理病房）。

在当下的“吞金兽”中，医疗算是最烧钱的一项，其中ICU更是最为著名，一天就可能烧掉几万元。短短一周住下来，李磊已经花掉10多万元医疗费了，家里的储蓄已经快要告罄了。即使后期有社保报销，但前期的资金垫付，一般家庭还是很难支撑得住。

ICU每天的固定费用就是1万元，把医药费等项目加起来，每天就要两三万元。怎么办？这个数字对于张瑶来说，可以说是太大了，家里的积蓄几天就花光了。

无奈之下，张瑶将自己的房子紧急挂牌出售，以支付老公的医疗费。

“我们的房子已经到中介那里挂牌了，但毕竟是刚刚交易完成的新房，房产证还没有下来，中介说这种房子不好卖，一般买卖房子房产证是必需的。如果想卖出去，可能需要很长时间，不是短时间就可以的。”张瑶很是焦急，絮絮叨叨地和刘琳说。

刘琳很诧异，她以为张瑶家里的存款不少。但转念一想，她老公尽管是做投资的，是高薪人士，但也是一个打工的，哪里经得起如此折腾。

晓迪和张丽还没到成都，刘琳想了一下，实在来不及了，先打电话给姐妹们筹钱救急吧。她立马给张丽打电话，几个玩儿得好的同学中，除了林燕，晓迪和张丽这几年创业和投资发展得还不错。

接到刘琳的电话，张丽满口答应借钱。张丽还给晓迪打了电话，告知了张瑶的情况。几位姐妹已经下定决心，一定要不惜一切代价把老李的病治好，不然张瑶可怎么办啊。

李磊住院的头两天，张瑶整日以泪洗面。每天下午2点去ICU探视，每次出来后，张瑶情绪都极其低落。李磊的呼吸开始平稳，但是一直昏睡，也没有意识和反应。刘琳一直陪着张瑶，并且鼓励她要坚强，李磊肯定没事，毕竟孩子还要他照顾呢。

因为家里有急事，林燕赶回重庆去了，她暂时也没有钱借出来，为此，她一直向张瑶表示歉意。张瑶知道林燕投资P2P失败，目前手头很紧，表示完全理解。

张丽、晓迪把钱转给了刘琳，每天的医药费由刘琳直接在医院的缴费机上缴，刘琳每天把收费单给张瑶。张丽、晓迪、刘琳每人各负担三分之一。为了不让张瑶胡思乱想，刘琳告诉张瑶，先别急，等老李好了之后，医药费慢慢还。

几位姐妹还劝张瑶，房子不能卖，不然以后她和孩子住哪里啊？

晓迪也知道，好姐妹出了这么大的事，大家不能不管，多亏这几年晓迪创业，张丽做投资，都赚了一些钱，刘琳本身就基础好，这些钱对她来说也不算太多。不过，从老李住院这件事中，刘琳再次认识到了投资理财和保险对于普通家庭是多么重要。

张瑶的遭遇让刘琳觉得，现代社会的白领家庭太脆弱，即使像张瑶这样的高收入阶层，遇到大的风险也会束手无策，多亏同学们伸出援手。这也说明，即使你的收入再高，对于未来不可知的危机和风险，你也可能是一击即溃的，必须提前做好保障。

之前，晓迪一直认为有医保就足够了。事实上，医保作为一项基本保障，总有很多顾及不到的需求。比如，当两个在异乡打拼的年轻人，一方忽然生病，短暂丧失了劳动能力，另一方的压力一定是巨大的。医疗费不用说，就连住院费、营养费都是一笔巨大的开支。因病致贫从来不是传说。

也就是在这个时候，张瑶、晓迪、张丽和刘琳都意识到，人生无常，有一份额外的保障是很有必要的。这样无论发生任何意外，年迈的父母和年幼的孩子尽管在精神上会受到巨大的打击，但起码在经济和物质上有保障。当然，如果身体健康、无忧无患，那这笔钱就是储蓄，也是自己的一条退路。

不过，晓迪的另一位富二代朋友就不能理解这种想法，他认为把买保险的钱全部投入理财当中，能够获得高昂的回报，这比买保险有价值得多。

晓迪和张丽分析后发现，保险的保障需要根据个人的实际情况来看。比如富二代，殷实的家底已经脱离了“保障”的范畴。因此，健康类保险对富二代来说意义并不大，这类人群不会因为疾病或意外而捉襟见肘；但对于普通人来说，没有巨额资金打底，健康类保险是很有意义的。

# Part 49
# 构建家庭保障

张瑶老公的意外住院，让晓迪想起自己年幼时，父母为她购买儿童意外险的情景。

她当时还天真地问过爸爸妈妈：“什么是保险？”

“保险就是当你发生危险的时候，有人能够出来保护你呀。”晓迪记得妈妈当时是这样回答她的。

但当时晓迪并不能理解保险的含义，听了这个回答，就以为保险跟保镖是同样的含义，都是有人在暗中保护自己，晓迪还因此很长一段时间在学校里底气十足，以为自己是有保镖的。虽然晓迪平安长大，最终并没有让那个意外险发挥作用，但是当保险到期以后，父母还是收获了一笔储蓄金，那笔储蓄金最后又全部用于晓迪的教育投资。晓迪现在回想起来，觉得这是一种很好的强制储蓄方式。

也是由于儿时的这个经历，让晓迪对各种保险并不排斥。而现在，保险作为保障生活的实际措施之一，正式融入她的生活。

晓迪听父母讲过，当年轻人第一次离开父母，作为一个成年人独自开始自己新的生活时，往往是怀抱着对未来的美好憧憬、期待和恐惧开始的。每一个离家自给自足的孩子，都会经历一段或短或长的艰难岁月，但这些日子将来也会变成珍贵的宝藏。而让回忆变成宝藏的前提，就是年轻人不会被生活中的疾病和意外压垮。

当代年轻人，哪个没有经历过熬夜加班，哪个没有看过猝死的新闻，但大多也只能一边战战兢兢地过着不健康的生活，一边用保温杯里漂浮的枸杞或玻璃瓶里沉浮的人参来安慰自己。

而工作一些年头后，很多人都有了房子、车子、孩子。那么，这算是走上人生巅峰了吗？很显然没有。

事实上，这时才正是压力最大的时候，房贷、车贷，特别是养娃，每一笔支出都是巨大的考验，容不得半点差错。而疾病却又恰恰是最不可提前预知的、消耗最大的支出，不仅是金钱，更是对身心和家庭的消耗。

这一次，张瑶家发生这场重大变故，让晓迪意识到，像张瑶、李磊这样工作好、生活质量高的年轻夫妇，抗风险能力尚且如此之弱，那么像她这样的单亲妈妈，更是需要一份意外的保障了。

想到这里，晓迪给张丽打了一个电话，她想问问张丽，自己配置的各项保险是否合理，也想问问张丽对保险的看法。在晓迪的眼里，五姐妹中，生活规划做得最好的就要算张丽了。

张丽直率地说，她早就规划好各种保险了，比如早在她结婚的时候，她就开始给自己和老公先买了重疾险，后来又买了养老保险，这都是在他们原有社保的基础之上配置的。孩子出生后，她又给孩子买了教育年金险，然后她又动员自己的父母和公公婆婆买了重疾险和养老险。自己的父母好说话，也听她的，对她很信任。但是公公婆婆却不为所动，她只好动员老公去劝说，老公说了几次，也没有什么效果。后来，因为有一个亲戚得了一场大病，用提前买的重疾险解决了大部分医药费、手术费和住院费，这才让老人动了心，并最终掏了腰包。

“这个工作我做了整整两年，等这些工作做好了，我才感到浑身轻松，放心去投资房产的。”张丽如实告诉晓迪。

晓迪告诉张丽，自己其实还想补充一些商业保险，可是一些卖保险的人总喜欢危言耸听，拿一些个别的案例来惊吓客户，这样的方式其实非常令人反感，也阻碍了她购买保险。

张丽说，可以先从网上详细了解和对比各类保险，自己有了方向，就不会被保险推销员忽悠了。

于是，沉下心的晓迪花了一段时间，在网络上细心对比各类保险的优劣。最后，明确了自己的目标就是以健康类保险为第一位。

这也符合晓迪的需求。她已经意识到，其实自己也属于抗风险能力弱的人群，有了对未来的保障，自己才能在创业道路上大展拳脚。

# Part 50

# 保险新手必备老三样

保险最应该具备的就是保障功能。而晓迪选择的健康类保险，是保险新手最重要、最应该买的保险。

晓迪经过多方面对比后，挑选了一份消费型健康险，里面包含三十余种常见的重大疾病，还包含着住院津贴，除了生孩子住院，其他原因的住院均有每天100元的误工补贴。

在晓迪看来，当一个人年老的时候，“三高”（高血脂、高血压、高血糖）、糖尿病等毛病随时可能侵袭身体健康，一个家庭有了保险保障之后，就能够大大缓解年老之后的经济压力。因此，保险要从年轻的时候买起，因为老年人买保险面临着杠杆低、费用高的问题。从健康角度来说，70岁的老年人，重症疾病发生率比20~30岁的年轻人高几十倍。因此，在年轻的时候就投保，年老之后会大大减轻压力。

配置好了健康险之后，晓迪又为自己购买了一份养老险，这是为了防止自己单身到老之后，可能遇上的养老问题。而且晓迪认为，即便将来又找到了另一半，能够共同面对未来的风风雨雨，这份保险也绝对不多余，因为它能给自己的老年生活增添一份底气和信心。总体而言，是利大于弊的。唯一的问题可能就在于年轻时，金钱上的支出压力较大，但是用年轻的时候攒起来的钱来养老，这不正是每个年轻人都应该提前规划的吗?

晓迪的这份养老保险能够保障自己直至人生尽头的所有问题，包括大病、身故等多方面。按照晓迪自己的理解，这相当于强制储蓄20年，因为到期后会全部返还，其实留下的不光是储蓄下来的钱，还有一份长达几十年的保障。

张丽提醒晓迪，还应该再配置一份意外险。

“意外险，你可以理解成和车险是一个意思。车险是一种财产险，最重要的是保障开车出行的安全。有了车险，车辆不管是剐蹭还是出事故，都能够在很大程度上减轻车主的财产损失压力。”张丽告诉晓迪。

当晓迪向保险经纪人咨询意外险的时候，保险经纪人反问了一句：“你常常出差吗？”

“我原来的工作不经常出差，但现在不确定。”晓迪说。

“那我建议你买一份比较全面的意外险，这里面包含更多交通保障的内容。当然如果出差比较少，这些可以删掉，只在每次出差的时候购买一份随票的交通意外保障就可以的。”经纪人说。

晓迪思考了一下，还是决定选购比较全面的意外险。意外险事实上大体都差不多，只需要关注保费、保险范围等内容即可。在晓迪看来，虽然在没有发生任何意外事故时，保费也是一笔花费，但意外险最重要的仍是保障功能，即使交费的时候可能会觉得没什么用处，但是一旦发生了意外，可以兜底，就能起到很好的效果。

在给自己配置完保险后，晓迪又给父母和孩子配置了各种保险，不求最贵最好，但求全面保障。这样，不管是面对父母将来可能的住院医疗，还是孩子的教育支出，她到时候都不用太紧张了。

然后，晓迪还提醒前夫也去把保险配置齐全，虽然他们现在不再是夫妻了，但毕竟他还是孩子的爸爸，晓迪希望他也能有一份全面的保障。前夫明白晓迪的好意后，完全同意晓迪的建议。

# Part 51

# 保险避雷技巧

在张丽的指导下，晓迪为全家配置了全面的保险保障。其实，张丽自己在配置保险的过程中，也是走过弯路的。张丽的第一份保险，是在朋友的强烈推荐下，没有经过深思熟虑就买下的一份储蓄型保险。

这份保险是储蓄型大病保险，20年后本金可退，可以保障大病住院时的一部分费用，可唯一的问题是保障范围小、保费高。

“当时少不更事的我，觉得这个保险的保障时间长，非常划算，以至于忽略了它的保障范围和异常高的保费。”在和晓迪交流的时候，张丽坦承自己当时经验不足。

那时，张丽刚刚大学毕业，一个月工资只有4000多元，在上海住着单位的小单间，手上根本没有多少余钱。买了这份保险之后，每年保费就要1万元，而当时上海的房价还不是很高，1万元的保费，都可以达到贷款买一套小面积房子后每个月的月供水平了。所以，在一段时间里，张丽手头都很拮据。虽然张丽那时也是出于保障将来的生活而出手买保险的，但现在看起来，却更像是踩了一次雷，收获了一份教训。

因此，张丽提醒晓迪，买保险前一定要好好想一想，自己是把保险当作一种理财手段，来防止通胀压力，还是要通过保险来保障生活本身。

理智分析，从理财上来说，以这么低廉的复利买一两份保险，并不能跑赢通货膨胀。这笔钱如果拿去投资，很可能会产生10倍甚至几十倍的盈利。从创造的收益来说，20~50岁正是一个人年富力强的时期，大部分人在这个阶段不会有严重的疾病，同时这还是一生中收入最高的一段时间。这个时候，通过保险转移现在的一部分收入去保障晚年的生活，可谓明智之举。

晓迪一点就通，连忙说道：“我也明白，不能把保险等同于理财产品，而是要更关注保险的保障功能。可是，有些保险经纪人总是在我们这些不太懂保险的人面前无限夸大保险产品的理财功能，并且不如实介绍保险的保障范围，让很多想配置保险的新人以为，买上一份保险，不仅能获得不错的理财收益，还能获得很好的生活保障，以至于还没看清楚保险条款就出手购买了。等到明白过来后，又急慌慌地去退保，结果理财收益没得到，生活保障也没得到，反而还损失了一笔保险违约金，可谓得不偿失。”

“还有呢！”张丽继续提醒晓迪，“有些保险经纪人会拿着外国或中国香港地区的保单来向客户推销，声称这一类保单覆盖范围广、赔付金额高，在内地供应数量有限，不买就亏大了。可是这些客户并不知道，外国或者中国香港地区的保单如果在内地没有经过监管部门的审核批准，就是私自销售，是得不到国内法律保护的，就算外国或者中国香港地区的保险公司承认这些保单的有效性，有些公司又规定，申请理赔时，必须保险受益人本人亲自去外国或者中国香港地区办理，这就等于无形中设置了申请理赔的难度。所以，这类保单看似很划算，其实也要小心其中的雷。”

“就是，就是。”晓迪深表赞同。

晓迪还说：“看来不管从前有没有买过保险，在给自己和家人配置保险的时候，一定要先学习一些保险的基础知识，再比对研究各种保险的具体条款，最后再从中选择最适合自己和家人的险种，这样才能避开各种雷区。”

# Part 52

# 兜底是最基本的保障

张丽听了晓迪的感慨，很是赞同。她给晓迪讲了一件自己以前买保险时发生的往事。

那时，张丽为了买保险，咨询过很多朋友。其中有一个朋友是富二代，而且是家里有家庭医生可以24小时随叫随到的那种。张丽以为，像他这样的家庭，一定对健康保障非常重视，所以就想问问他的看法。

可是，当那位富二代朋友听了张丽的想法后，感到特别惊诧。

“你买保险做什么？”

“我想给未来的生活一个保障。”张丽老实答道。

那位朋友满脸问号，说：“你有这些钱拿去投资多好，那样当你70岁的时候，十几万元可能变成了几百万元，而你有了钱，未来自然也就有保障了啊。”

张丽知道，这个朋友说得也有一定的道理，有钱时能够消除80%的不安全感。但张丽更知道，投资并不意味着总能盈利，人最基础的需求还是要通过一份保障来保护。在有了保障之后，剩下的钱再拿去投资，这样即使投资失败了，或者没有达到预期，也不会产生过大的压力。

张丽说："这正是有钱人和一般老百姓的差别。有钱人已经不需要兜底了，因为他们有的是钱兜底，自己只需要向前冲；但老百姓必须未雨绸缪，不然就可能在奋斗的道路上突遭变故，最终变得一无所有。

"从保险品类来说，健康险、寿险的主要作用是防范家庭经济支柱出现疾病、意外身故等，导致家庭经济崩溃，因此健康险、寿险适合一般人买，这是家庭的最后防线。特别是对上有老、下有小的中流砥柱而言，可以给未来一定的保障。

"保险就像衣服，不同的衣服有不同的功能，因此选购时要贴合自己的实际情况，比如说一个人需要基本款的衣服来日常穿着，这个基本款的衣服在保险上就是健康险和寿险。当然，还有更多满足其他需求的险种，如失能收入损失保险、护理保险等，我们可以按需加减，而不是一味追求价格低廉或者种类齐全。"

说到追求不必要的完美，张丽又举了一个例子。她说："我有一个同事在给自家孩子购买健康险时就犯了一个错误。他当时把所有看起来有用的选项全部勾选了，如护理险、家长误工费等，但他后来做自由职业，照顾孩子并不涉及误工问题，也不涉及误工损失，所以，当孩子生病住院他在医院照顾孩子时，却并不能享受这些选项。而当时这些项目多缴的保费，比现在一年给孩子看病的钱还多。"

因此，张丽建议，应该在自己力所能及的范围内，为未来排除更多的不确定性，同时也要避免一些雷区。说到底，就是老百姓要花最少的钱办最多的事。

# Part 53

## 多对比，多咨询

晓迪深有同感。她告诉张丽，现在的保险种类这么丰富，不经过几轮和保险条款的斗智斗勇，就不会对保险有比较充分的认识。

晓迪说，当自己刚刚决定买保险的时候，非常讨厌保险经纪人构建的充满疾病与绝望的世界，那种描述单是听起来就让人感到异常窒息，因此在了解保险条款的时候，她曾屡次粗暴地打断了他们关于疾病和保障的描述，要求他们重点介绍，在什么情景下是拒赔的。

当然，这样的反馈并不算太好，因为保险经纪人经过了标准化的培训，她问的问题可能恰好触及他们的商业机密或知识盲点。总而言之，晓迪得到的反馈并不算好，感觉很多重要信息被隐瞒了。这也是需要额外注意的一点，当意识到里面有雷的时候，一定要把所有的雷都搞清楚，而不是侥幸地想着雷不一定会爆。

晓迪还说，买大病保险的时候，需要特别关注有没有原位癌的保障。大多数的保险产品这一条是没有的，经过多方比较之后，有一两家公司的产品条款中，原位癌这一条是存在的。原位癌是早期良性癌症的一种统称，治愈率极高，几乎算不上是一种大病。不少保险公司都说这种病治疗起来价格低廉，并不需要专程购买保险来加以保障，但事实上人一旦出现了原位癌，就证明身体出现了一定的问题，接下来可能需要花费更多的时间去调理。如果将其纳入保障，起码住院治疗、误工的费用就不会有太大的压力。

当前，不少公司还推出了专门的关于癌症的保险产品，能够进行多次赔付，不用担心复发和转移，保障全且保障时间长。如果有家族癌症病史的，或者常常有吸烟、熬夜等健康高危行为的人，可以适当补充。

按照保险法律的相关规定，保险代理人、保险经纪人及其从业人员在办理保险业务活动中不得欺骗投保人、被保险人或者受益人，不得隐瞒与保险合同有关的重要情况。在买保险的时候，一定要多留几个心眼儿，不要一时头脑发热，销售人员说什么就信什么，一定要仔细看清保险合同。如果和保险公司有纠纷，解决途径有以下几种：投诉、协商、仲裁和诉讼。买保险的人要学会高效、合理地利用官方途径、公共资源，达到维权的目的。

晓迪和张丽聊了很多。她俩最后决定，要把这些关于保险的感悟和其他三个姐妹也分享一下，也许在未来的某一天，能帮到各自的家庭。

# Part 54

# 长颈鹿

李磊在ICU住了20多天，终于睁开眼睛，并且恢复了意识。出了ICU之后，又住了一段时间的院，然后就可以下床慢慢走路了。张瑶和几个姐妹都很高兴。

李磊这次住院，前后花了50多万元。为了向姐妹们表示感谢，张瑶说："元旦聚会没想到发生这么大的事，这次过年，我们请大家到成都来好好聚聚，一定带大家吃成都最好的小吃、看大熊猫。"

姐妹们都接受了张瑶的邀请。

几个姐妹又各自忙碌起来。其中，晓迪的生意也越来越火。一帮外国客人要回国了，晚上，晓迪给他们准备了饯行宴。

晓迪特意打扮了一番，把她此前曾经穿过的旗袍拿了出来。在外国朋友多的时候穿旗袍，表示她对这个场合的重视和对客人的礼貌，她个头高挑，再穿上高跟鞋，更显得高雅、尊贵。

她随意把头发挽个发髻，更显出修长白皙的脖颈。镜子里的自己，五官精致，比以往多了一分成熟和俏丽，她对自己很是满意。

这一帮客人是罗伯特的学生，已经在"麓无事"住了半年，住在这里就成了一家人，他们每天自己做饭，自己打扫卫生，自己磨咖啡，自己喂小狗、小鸡和小鸭，甚至还帮晓迪招呼客人。

晓迪拿出了珍藏多年的茅台酒，还有各种红酒和啤酒。罗伯特说，茅台就算了，他们也喝不出好来，啤酒最好。

罗伯特的学生来自五湖四海，主要是来学习中国文化，罗伯特是他们的班主任。

罗伯特来北京5年了，已经成为一个中国通，普通话比很多中国人说得还溜。他半年在北京兼职授课，半年在中国到处旅游，尤其是喜欢去各地的文化古迹或博物馆考察。这几年，他在国际上还发表了几篇关于中国文化的论文，在学术圈子里小有名气，这一点对他在学校任职非常有帮助。

这帮学生乘坐的是凌晨3点的飞机，大家一直在吃喝弹唱，看着时针在一圈一圈地划过，好几个人都哭了，他们舍不得中国，舍不得北京，更舍不得“麓无事”。当然，有的人也舍不得老板娘。

晓迪赶紧安慰他们，现在交通和通信都很方便，随时可以回来，大家可以一起喝酒、聊天，甚至一起做生意。最后，一些学生跳起他们民族的舞蹈，一些学生唱起了他们国家的流行歌曲。

临走时，罗伯特说要宣布一个重大决定，他连唱了三首歌，说是献给自己今生最爱的晓迪，大家起劲鼓掌欢叫。这一下，晓迪彻底蒙圈了，她没想到罗伯特突然来这么一出，她根本没有心理准备。

她最后嗫嚅着说：“我们中国人对于感情的事情都比较谨慎，罗伯特是我留学时期的好同学，他是我非常欣赏的男人，对我的帮助也很大，但是这个事情我还要想一下，不能这么仓促决定。”

大家都起哄说："罗老师还要加油哦。"罗伯特对晓迪的反应可能早有准备，淡淡地说："没关系，我还要继续努力。"

然后，大家都纷纷上车。

与学生们挥手告别后，晓迪和罗伯特各自回房间了。后半夜的北京郊区，只听到野外动物鸣叫的声音，这种透明的声音就如同月光与水波交融在一起，越来越密集，萦绕在晓迪的思绪里。

自从晓迪的"麓无事"开办起来后，她在国外的同学和朋友倒是对她帮助不小。这些同学大多在北京开公司，或者在大学里教书，或者是外交部门的工作人员。一到周末，他们就会来到"麓无事"，除了品茶、喝咖啡，还能享受属于大自然的治愈系风景，无忧、惬意，这里的沟沟坎坎到处是他们的嬉笑声。因为晓迪的人脉关系很好，附近的客人也常常被吸引过来，这也是"麓无事"火起来的一个重要原因。

这个罗伯特，原来是晓迪在法国留学时的同班同学。她记得，当年他总跟一个女孩子在一起。晓迪出国不久，忙着适应外国生活，练习法语，应付各种学业，对同学都没怎么关注，两年的留学生涯很快就结束了，班上许多同学都没说过几句话，包括罗伯特。

罗伯特的个子很高，穿着随意但是很得体，高鼻梁，黄黄的头发贴在头上，总是带着微笑，显得十分阳光、硬朗、单纯和浪漫，是很多女孩子喜欢的类型。

等他们毕业时，罗伯特已经和女朋友分手，晓迪明显感觉罗伯特在逐渐走近她，比如上课时故意和她坐在一起，自习时他也主动给她占位置。

但是两人接触的时间太短了，她根本没往心里去。毕业后，晓迪一门心思想回国，根本没想和一个老外谈对象，更没有心理准备找个老外结婚。她很清楚，这种事情，父母肯定是不可能同意的。

罗伯特告诉晓迪，他毕业后在法国一家公司做销售工作。一年后，因为公司在北京设立分公司，他经过申请，公司就把他派到北京，负责中国分公司的事情。

罗伯特所在的公司是一家高科技公司，专门生产高端实验仪器，一台仪器的销售价动辄几百万元，因为全球只有他们公司能够生产这种仪器，所以销售难度并不大。而罗伯特的工作，主要是做销售规划、销售后的培训和与总公司的沟通协调。

罗伯特主要是跟大学和研究所打交道，大学和研究所一般都有假期，到了假期就都休息了，他们也跟着休息，所以工作很轻松，闲暇时间也多。正因如此，他一有闲暇就往“麓无事”跑，每个周末都过来，时间一长，吃住和办公干脆都在“麓无事”了。

他说：“希望在办公的时候，抬头能看到长城。”其实，他自己知道，主要是想有更多的时间看看晓迪。

罗伯特租住的房子有一面高大的落地窗，拉开窗帘就是满目的青山，长城像一条白蛇顺着山脊逶迤而上。

按照晓迪的说法，罗伯特一个人的消费就能把“麓无事”的成本打平。

有一段时间，女儿岚岚就在附近村子里的幼儿园上学，平时生活也在“麓无事”。这下，罗伯特可有事儿干了，他几乎整天跟岚岚泡在一起，带她去公园、去游乐场、去动物园，还带她去小河里抓鱼，玩得挺疯的。

每次他们出去，晓迪都千叮咛万嘱咐，一定要注意安全，孩子还小，千万别出危险。罗伯特都是笑着点头答应。

其实，晓迪内心非常享受有罗伯特陪伴的日子，鲜花、赞美和男人的殷勤，哪个女人不享受呢？罗伯特的浪漫是晓迪打心眼儿里喜欢的，要是她再年轻5岁，肯定会选择罗伯特，跟他在一起满世界浪漫。

随着时间的推移，罗伯特对晓迪的攻势不减，而且越来越细心。每次出去玩儿，他都要给她采一束花回来。

但是，经过婚姻的变故和创业的艰难，晓迪变了很多，比如此前她尽管很时尚，但打扮却很随意，基本都是走简约路线。现在自己做生意了，对打扮就更加在意了，每天都是精致的妆容，衣服也是相对比较上档次的。一方面，她的性情变了；另一方面，也是为了做生意，给顾客一个良好的印象。

晓迪的这种变化，让罗伯特更加着迷。

因为经历过离婚，晓迪的想法变得复杂多了，尤其是这几年创业的经历，让她更希望自己的生活稳定、踏实和质朴一些。而且，她必须为岚岚的生活和成长提供一个理想的环境。

晓迪离婚时，孩子判给她，前夫每月给她6000元抚养费，前夫做得非常好，一般都是每年年初就把这笔钱打过来。等孩子上幼儿园了，幼儿园学费比较高，他还征求晓迪意见，想再补贴一点，担心她一个人压力大。

每个周末，前夫都会接孩子去家里住，因为有爷爷奶奶带她。由于爸爸家里人多，岚岚就非常喜欢去那里住。而晓迪这边因为人少，比较冷清，每次岚岚都不是很愿意回来。

孩子上幼儿园后，晓迪的父母因在北京住不习惯来得少了，晓迪太忙，尤其是刚开始创业那会儿，她干脆就把孩子放到前夫家。因为孩子有爷爷奶奶带，这对她来讲帮助非常大，不然创业根本无从谈起。

前夫也比较努力，职位上升很快，离婚后没几年，就被调到北京市某区的一个部门重要处室任处级干部。

这几年创业，让晓迪接触了不同社会阶层的人和他们不同的生活，有了此前没有过的生活体验，如果说此前她还是一个富裕家庭出来的娇娇女的话，那么她现在已经成为一个成熟的女性，许多看法都变了。比如，她现在非常尊重前夫的父母，此前周末去接送岚岚的时候，跟前夫的父母很客气，也就是偶然叫伯父伯母。后来去得多了，发现岚岚很依赖他们，二老对岚岚非常好，平时在家也常常说起爷爷奶奶，晓迪对他们的态度也慢慢变得柔和。

每到节假日，她去接送孩子时都要给两位老人准备一份礼物，并且一再叮嘱岚岚要听爷爷奶奶的话。

她发现，对于岚岚而言，最理想的生活环境不再是跟她在一起，而是跟爸爸，因为有爷爷奶奶的照顾，可以让她生活得更加舒心，也有利于她的心理成长。前夫对女儿的教育也很关心，给她买了很多精品图书，还搞了一套自己亲身实践的早教课。

晓迪还发现，前夫至今未婚，跟她一样。每次她去接岚岚，孩子的奶奶话里话外都在暗示他们复婚。

离婚后，她也常常想起他们在一起时的种种，尤其是在现实中遇到一些类似问题的时候，她总会比较，在心中掂量。当初结婚，两人确实没有深厚的感情基础，性格差异也比较大。

她那时候比较任性，当时的所作所为，现在自己想起来都觉得不可理解，而前夫则显得大度和包容，只不过他的性格比较耿直，不懂浪漫，不会说令女孩子高兴的话。这方面，罗伯特和前夫是截然相反的两类人。

作为一个成熟的女性，如今，晓迪知道后半生自己要什么，要和什么样的人为伴。

清晨，晓迪是在鸟儿的叫声中醒来的，因为头天很晚才送走了一拨客人，还跟他们一起喝了酒，睡晚了。

她能听见罗伯特已经在厨房里准备早餐了。

但是她的思绪还在昨夜，还在罗伯特和前夫身上打转，这确实是一个难题。不过，通过这几年创业，她已经养成一个习惯，如果有些问题马上解决不了，就暂时放下来，不要着急，交给时间去解决。

单身一人，晓迪觉得最对不起的就是妈妈。有一年过年，就她自己带岚岚回去了，妈妈唉声叹气了整一个春节，还说，要还是一个人，下次就别回来了。

妈妈这一代人的思想就是，只要你单身，尤其是作为一个离过婚的女人，哪怕你混得再好，你都是很狼狈的。相反，如果你有老公、有孩子，哪怕穷一些，你也是风光的，妈妈也有面儿。

她知道妈妈的想法，于是也经常开导妈妈。

有一次妈妈说："其实，我也没你想的那样古板，一定要你结婚。但是我知道，一个人的生活，尤其是一个单身女人的生活是很难的，这是非常现实的问题，我每天晚上睡不着就想起你。一个人，没人跟你做伴儿，没人跟你说话，万一你出点事儿，怎么办？"

妈妈这一席话，说得晓迪无言反驳。

不过，今年还有一个新情况，就是她要去成都和大学同寝室的姐妹们一起过年。对了，岚岚还在前夫家呢，今天一定要回市区把她接回来。

晓迪给前夫打电话，第一个没接，她接着再打，结果女儿接了。女儿说：“我跟爸爸正往‘麓无事’赶呢，我们一起送你去成都过年，爸爸说要给你一个惊喜。”

晓迪的心头升起一股暖流，说道：“好，告诉爸爸，慢点开车，我现在就准备东西。”

晓迪赶忙去帮罗伯特准备早餐，并收拾回市区的行李。她告诉罗伯特，她要去成都和以前的同学们一起过年。

罗伯特笑着告诉晓迪，你放心去吧。他过年就在“麓无事”了，没事就开车去周边玩，没关系，不打扰你们，如果有客人来，他会替她招待好，账目会记清楚的。

“谢谢你，罗伯特。”晓迪发自内心地表达谢意。

“没事儿，玩得开心。”罗伯特深深地点了一下头。

晚上，晓迪和岚岚去家附近的超市购买去成都的东西，母女俩从购物中心出来，正是夜幕四合，今天是周末，华灯初上，交通喧闹声逐渐淡了下来。

一缕微风轻轻地撩起了裙边，晓迪不由自主地停了下来。

购物中心外的三角形的广场上，有一头用黄色小瓷砖堆砌起来的长颈鹿，长颈鹿身形高大，足有三个人高，颜色金黄，憨态可掬。

岚岚最喜欢这个长颈鹿了，在岚岚很小的时候，每次用手推车推她到商场玩儿，她一眼看见它，就用稚嫩的声音喊“长颈鹿，长颈鹿”。这个词在女儿的嘴里，从发音不准，到发音标准，后来会用英语、法语来说，直到最后她视而不见。晓迪感叹，时间真是一把皮鞭啊！

广场上，围了一圈人，一个黑衣大汉弹着吉他，正在唱汪峰的《春天里》：

也许有一天，我老无所依
请把我留在，在那时光里
如果有一天，我悄然离去
请把我埋在，在这春天里
……

听着这扎心的歌词，晓迪的眼里泛起泪光。她想，自己这几年经历了很多，也变了很多。即便如此，当年选择留在这个城市，她从来没有后悔过。也许，对她而言，这个城市最大的魅力，就是这种偶然遇到的一个陌生人，也能够让她心生感动、心神荡漾吧！